Chères lectrices,

Quoi de mieux qu
pour profiter de ce be
choisi pour vous qua
sont si craquants, si s
Lisa, Iona et Tess, vous ne manquerez pas de vous attacher à eux…

Le premier, *L'amant de Tolède* (N° 2221), que Jillian rencontre lors d'un voyage en Espagne, possède une personnalité déroutante aux yeux de la jeune femme, qui est son exact opposé. Saura-t-elle entretenir leur merveilleuse complicité, une fois l'été terminé ?

La princesse des sables (N° 2222), prénommée Lisa, se retrouve elle aussi transportée bien loin de son univers quotidien : dans une oasis perdue en plein désert, sur les terres du très puissant cheikh Tuareg al Shaldor, un homme qui, malgré ses manières de macho, l'attire irrésistiblement…

Quant à la rencontre de Daniel et d'Iona, héros de *La surprise du bonheur* (N° 2223), elle tient du conte de fées. En effet, le riche architecte se sent prêt à remuer des montagnes pour cette future maman célibataire qu'il recueille chez lui… sans rien espérer en retour ?

Enfin, le dernier ouvrage de cette sélection de printemps vous révélera le secret de Tess, prête à tout *Pour l'amour d'un cow-boy* (N° 2224) qui, à son grand désespoir, semble bien décidé à lui résister !

Bonne lecture,

La responsable de collection

La surprise du bonheur

CAROLINE ANDERSON

La surprise du bonheur

COLLECTION HORIZON

éditions Harlequin

Cet ouvrage a été publié en langue anglaise
sous le titre :
HIS PREGNANT HOUSEKEEPER

Traduction française de
CATHERINE BELMONT

HARLEQUIN®

est une marque déposée du Groupe Harlequin
et Horizon® est une marque déposée d'Harlequin S.A.

83-85, boulevard Vincent-Auriol, 75013 PARIS — Tél. : 01 42 16 63 63

Service Lectrices — Tél. : 01 45 82 47 47
www.harlequin.fr

ISBN 978-2-2808-0843-9 — ISSN 0993-4456

1.

Daniel Hamilton allait ouvrir la portière de sa luxueuse BMW quand une jeune femme jaillit de la buanderie du Yoxburgh Star, l'hôtel délabré que ses associés et lui avaient acheté récemment, et s'approcha de la grosse caisse en plastique jaune citron où il avait déposé un vieux matelas éventré.

— Qu'est-ce qu'elle manigance ? murmura-t-il en la voyant se hausser sur la pointe des pieds et empoigner le morceau de coutil qui dépassait du bac à ordures.

De peur qu'elle n'abuse de ses forces s'il ne volait pas à son secours, il glissa son trousseau de clés au fond de sa poche, puis traversa la chaussée à grandes enjambées et plongea ses deux mains dans le container.

— Vous vous trompez de sens, s'écria l'inconnue. Ce qu'il faut, c'est que vous tiriez et non pas que vous poussiez.

— Que je tire ! répéta-t-il, éberlué. Pour quoi faire ?

— Pour m'aider à sortir ce truc de la poubelle. Il est tellement lourd et tellement encombrant que je n'arrive pas à le soulever.

De plus en plus perplexe, Daniel lâcha l'étroite bande de toile striée de bleu et de blanc qu'il tenait entre ses doigts et observa la jeune femme à la dérobée. Avec son visage à l'ovale très pur, ses pommettes délicatement sculptées que maquillait d'or pâle un rayon de lune impertinent et ses longs cheveux bruns noués en catogan, elle ressemblait aux héroïnes de conte de fées, douces et fragiles, qu'avait jadis croquées Walt Disney. Mais la lueur de farouche détermination qui brillait dans ses yeux et cette façon qu'elle avait de se camper, la tête haute et les épaules droites, trahissaient l'irréductible volonté de celle que rien ni personne ne saurait intimider.

— Vous n'avez pas compris ce que je vous ai dit ? demanda-t-elle à Daniel d'un ton impatient.

— Si, si, maugréa-t-il. Je ne suis pas idiot.

— Dépêchez-vous, alors, de me donner un coup de main.

— Pour quelle raison voulez-vous que je vous aide à sortir ce matelas du bac à ordures ?

— Parce qu'il est plus propre que le mien et

qu'il a l'air plus moelleux. Dès que je l'ai aperçu par la fenêtre de ma chambre, j'ai décidé de venir le récupérer et de le recycler.

— Et de le quoi ?

— De le *recycler.* Contrairement à l'imbécile qui l'a mis à la poubelle, j'adore les vieilleries. Quand on possède un objet qui peut encore servir, on n'a pas le droit de s'en débarrasser. Simple question de bon sens et de civisme ! A notre époque où des tas de gens vivent dans le besoin, le gaspillage devrait être considéré comme un grave délit.

« Simple question de bon sens et de civisme ! releva Daniel, mi-amusé, mi-exaspéré. Ce qu'il ne faut pas entendre ! »

— Si vous ne voulez pas que le Cerbère nous tombe dessus à bras raccourcis, vous feriez bien de ne pas trop lambiner, ajouta son interlocutrice en glissant un œil inquiet vers le hall du Yoxburgh Star.

— Qui appelez-vous « le Cerbère » ?

— John Rafferty, le gardien de l'hôtel. Sa loge se trouve juste derrière nous et il passe tout son temps à épier les rôdeurs.

« Ça, je le sais, faillit riposter Daniel. C'est moi qui l'ai engagé. »

— De deux choses l'une, reprit la jeune

femme avant qu'il n'ait pu lui avouer qu'il était l'employeur du vigile. Soit vous vous décidez enfin à m'aider et vous vous dépêchez de sortir le matelas du container pendant que M. Rafferty a le dos tourné, soit vous vous poussez de là et vous me laissez me débrouiller.

— Vous avez réellement l'intention de voler cette paillasse ?

— « Voler » n'est pas le terme adéquat. Quand quelqu'un met des objets au rebut et qu'on les récupère, on fait acte de civisme, je vous l'ai déjà expliqué. Les décharges regorgent de vieilleries que seuls les bons citoyens ont le courage de recycler. Et du courage, il en faut pour fouiller dans les poubelles pleines à craquer qui encombrent chaque nuit les trottoirs de Yoxburgh.

— Vous arrive-t-il souvent de faire acte de civisme, comme vous dites ?

— Oui. Je n'ai peut-être pas l'air d'une écolo enragée, mais j'en suis une, croyez-moi.

Renonçant à convaincre son interlocutrice de rentrer chez elle et d'oublier ses beaux principes, Daniel plongea de nouveau ses deux bras dans le bac à ordures et en extirpa le matelas qu'il y avait lui-même abandonné.

— Où voulez-vous que j'aille le déposer ? demanda-t-il à la jeune femme.

— Au coin de la rue, lança-t-elle évasivement. Venez, je vais vous montrer le chemin.

« J'aurais dû suivre les conseils de Nick et m'inscrire à un club de gym, songea Daniel en lui emboîtant péniblement le pas et en pliant sous le poids de son fardeau. Si j'avais pris des cours de bodybuilding dès mon retour de New York au lieu de perdre mon temps à dessiner, j'aurais des muscles d'haltérophile à l'heure qu'il est et je ne risquerais pas de me briser les reins. »

— Vous habitez encore loin d'ici ? questionna-t-il, hors d'haleine.

— Non, rassurez-vous, répondit son interlocutrice. Nous sommes arrivés.

De l'air mystérieux d'un illusionniste qui s'apprête à réaliser le plus étonnant des tours de magie, elle extirpa de la poche de son jean une clé toute rouillée et ouvrit l'une des portes cochères qui s'alignaient de part et d'autre de Victoria Street.

— C'est dans le… dans l'une des dépendances du Yoxburgh Star que vous vivez ? bredouilla Daniel, les yeux agrandis de stupeur.

— Oui, confirma la jeune femme en franchissant le seuil de l'annexe d'un pas déterminé et en grimpant prudemment l'escalier vermoulu qui menait au premier étage. Faites attention de ne pas trébucher dans l'obscurité ! ajouta-t-elle. Les nouveaux propriétaires de l'hôtel n'ont rien trouvé de mieux que de me priver d'électricité pour m'obliger à déguerpir, mais, s'ils croient que leur petit stratagème va marcher, ils risquent d'être déçus !

« Quand j'avouerai à Nick et à Harry que j'ai donné un coup de main à notre pire ennemie, ils me tueront », se dit Daniel après avoir réussi, non sans peine, à tirer son fardeau jusqu'en haut de la mezzanine.

Nick Barron et Harry Kavenagh, ses deux associés, essayaient depuis des semaines de déloger la squatteuse qui les empêchait de restaurer le Yoxburgh Star et auraient du mal à comprendre qu'il ait pu venir en aide à la seule personne au monde dont ils rêvaient de se débarrasser.

— Mettez le matelas ici, au milieu de la chambre, lui intima la jeune femme, un doigt pointé vers le plancher aux lames disjointes qui grinçait à chacun de ses pas. Ma fille et moi y serons plus en sécurité qu'au fond de l'alcôve et moins incommodées par l'odeur de renfermé.

— Votre fille ! releva Daniel, au comble de la stupéfaction. Vous avez une petite fille et elle habite dans ce taudis avec vous ?

— Oui, mais la poussière et l'humidité ne la dérangent pas, car elle n'est pas encore née.

— Vous voulez dire que… que vous êtes enceinte ?

— Tout juste ! Ce n'est pas une simple SDF que vous avez secourue, c'est une future maman soucieuse du confort de son bébé et impatiente de se mettre au lit. Si vous vouliez bien m'aider à meubler cette pièce, je vous en serais donc infiniment reconnaissante.

« Quand je dirai à Nick et à Harry que notre bête noire est un sosie de Blanche-Neige et qu'elle attend un enfant, ils n'en croiront pas leurs oreilles », pensa Daniel lorsqu'il vit son interlocutrice s'approcher de la longue écharpe dorée que dessinait un rayon de lune au pied de la fenêtre et retirer la parka dans laquelle elle s'était emmitouflée.

Résistant à l'envie irraisonnée qui lui venait de poser une main sur son joli ventre rond, il traversa la chambre en trois enjambées et se déchargea à la hâte de son fardeau.

— Quel bonheur ! s'exclama la jeune femme en se laissant tomber sur le matelas et en nouant ses doigts derrière sa nuque. Allongez-vous à côté de moi et vous comprendrez pourquoi vous avez eu tort de qualifier cette merveille de paillasse.

Qu'il s'allonge à côté d'elle comme s'ils étaient amoureux et rêvaient de passer ensemble la plus folle des nuits ? De stupeur, Daniel faillit s'étrangler.

— Désolé, je ne peux pas rester avec vous, jeta-t-il après avoir recouvré ses esprits et l'usage de la parole. Il faut que je rentre à White Gate et que je téléphone à deux de mes amis.

— White Gate est le nom de votre maison ?

— Oui.

— Où est-elle située ?

— Au bord de la falaise qui surplombe la plage de Yoxburgh.

— Quelle chance vous avez d'habiter là-bas ! La vue doit être splendide.

— En effet. Il n'y en a pas de plus belle dans tout le Suffolk.

Inconsciente des efforts que s'imposait Daniel pour garder ses distances, la jeune femme se leva et l'entraîna vers la petite pièce contiguë à sa chambre.

— Puisque vous tenez absolument à me quitter, pourriez-vous emporter cette horreur et vous en débarrasser en cours de route ? lui demanda-t-elle, l'index braqué sur un vieux futon couvert de plâtre et d'éclats de bois qui gisait à même le sol.

— Vous qui êtes une écologiste convaincue, vous voulez que je cache ce matelas derrière un buisson et que je m'enfuie comme un voleur ? s'étonna-t-il.

— Non. J'aimerais juste que vous le jetiez dans la poubelle du Yoxburgh Star, car il sent tellement mauvais qu'il me donne la nausée. Quand il s'est mis à pleuvoir des cordes la nuit dernière et qu'une partie du toit s'est effondrée, il a été enseveli sous les gravats et je n'ai pas réussi à le faire sécher.

— Où étiez-vous lorsque les solives et les stucs sont tombés ?

— Dans la pièce d'à côté, Dieu merci. Rien que de penser à ce qui me serait arrivé si je m'étais couchée un peu plus tôt que d'habitude et que j'étais parvenue à trouver le sommeil malgré le crépitement de la pluie sur les tuiles, j'en ai la chair de poule.

« Et moi donc ! » s'abstint de riposter Daniel. En tant que copropriétaire du Yoxburgh Star, il aurait été accusé par les médias d'avoir laissé une future maman risquer sa vie dans l'une des dépendances insalubres de l'hôtel et aurait été cloué au pilori sans autre forme de procès.

— Quelle puanteur ! s'exclama-t-il en s'approchant du futon et en saisissant l'une des deux poignées dont il était muni. Je comprends que vous soyez impatiente de mettre cette épave au rebut.

— Cela ne vous dérange pas de m'aider à m'en débarrasser ?

— Pas du tout, mais j'espère que le quartier est désert à cette heure-ci et que personne ne me verra jouer les déménageurs.

— Je vais vous accompagner jusqu'au bout de la rue et, une fois arrivée devant l'entrée du Yoxburgh Star, je ferai le guet pour éviter que le Cerbère ne vous aperçoive.

« Très bonne idée ! » approuva secrètement Daniel, qui imaginait déjà les histoires abracadabrantes qu'il devrait inventer s'il attirait l'attention de son employé et qu'il se retrouvait nez à nez avec lui.

Après avoir descendu l'escalier et quitté l'annexe de l'hôtel à la suite de la jeune femme, il s'arrêta au pied d'un sycomore et la regarda scruter la loge brillamment éclairée du vigile.

— Vous pouvez y aller, lui dit-elle dans un murmure. La voie est libre.

Tel un cambrioleur habitué à étouffer ses pas et à mesurer le moindre de ses gestes, il s'approcha de l'un des gros containers qui jalonnaient le trottoir et y jeta le futon.

— Hé ! hurla John Rafferty en jaillissant du hall d'accueil, la barbe hirsute. Où est-ce que vous vous croyez ? Dans une décharge publique ?

Tétanisé entre deux poubelles, le cœur au ralenti, Daniel chercha une possibilité d'esquive, mais, avant que son cerveau engourdi n'ait eu le temps d'analyser la situation et de lui souffler une idée de génie, il sentit une main agripper son poignet et le tirer en arrière.

— Vite ! lui glissa sa jeune squatteuse. Si vous restez planté là, le Cerbère va appeler la police et vous expédier en prison.

De crainte que les cris du gardien n'ameutent tout le quartier, il émergea brusquement de sa torpeur et la suivit au pas de course jusqu'à l'angle de Victoria Street et de Maple Lane.

— Cachons-nous ici, lui jeta-t-elle en s'engouffrant sous le porche d'une vieille maison et en lui faisant signe de venir la rejoindre.

Alors que, serrés l'un contre l'autre, ils écoutaient John Rafferty vociférer au loin, l'enfant qu'elle portait dans son ventre exécuta une pirouette que n'auraient pas désavouée des danseuses de ballet.

« Comment Nick, Harry et moi avons-nous pu les persécuter pendant six longues semaines, sa fille et elle ? » se reprocha Daniel, ému de sentir le bébé gigoter.

Quand ils avaient appris qu'une ancienne employée du Yoxburgh Star dont ils ignoraient le nom prétendait avoir hérité d'une partie de l'établissement et qu'elle avait décidé d'occuper les lieux jusqu'à ce que ses droits aient été reconnus, ils avaient essayé de la déloger par tous les moyens.

— Cette sale petite intrigante ne va pas tarder à débarrasser le plancher, leur avait promis Ian Dawes, le fils du défunt propriétaire de l'hôtel. Ce qu'elle raconte n'est qu'un tissu de mensonges et je vous le prouverai. D'ici là, rendez-lui la vie impossible en coupant le gaz et l'électricité. Rares sont les squatteurs qui résistent à ce genre de pression.

Impatient de rénover le Yoxburgh Star, Daniel avait suivi ces conseils à la lettre, mais, maintenant qu'il savait à quoi ressemblait la « sale petite intrigante » en question, il regrettait de l'avoir privée de confort pendant un mois et demi.

— Je n'entends plus le gardien crier, lui dit-il en s'écartant d'elle et en glissant un œil vers l'entrée de Victoria Street. Il a dû en avoir assez de s'époumoner et retourner dans sa loge.

— Ça ne m'étonne pas de lui. Il est tellement

fainéant qu'il ne lui serait pas venu à l'idée de chausser des baskets et de nous courir après.

— Que ferez-vous une fois que vous aurez regagné votre chambre ?

— J'ouvrirai une boîte de conserve et je me dépêcherai de la vider. Je n'ai rien avalé de la journée et je suis morte de faim.

— Dans votre état, il est imprudent de sauter des repas.

— Je le sais, figurez-vous, mais je n'ai pas les moyens d'aller au restaurant matin, midi et soir. Depuis que je squatte l'annexe du Yoxburgh Star, je ne mange que des haricots froids et du corned-beef.

— Que diriez-vous si je vous proposais de vous offrir à dîner ?

— Là, tout de suite ?

— Naturellement ! Pourquoi voudriez-vous que je vous demande de jeûner jusqu'à demain ?

— Parce que vous avez des coups de fil à passer, d'après ce que j'ai cru comprendre, et que vos amis risquent de s'impatienter.

— Aucune importance ! Je les appellerai plus tard.

— Où souhaitez-vous m'emmener ?

— Chez l'un des nombreux traiteurs du centre-ville. Que préférez-vous ? La cuisine chinoise, indienne, thaïlandaise ou italienne ?

— La cuisine chinoise. Je n'aime ni le poulet au curry ni l'osso buco et je… j'ai une sainte horreur des spécialités thaïlandaises.

— Ah bon ! Moi, je les trouve délicieuses.

— Vous n'êtes pas le seul à en raffoler, mais vous savez ce qu'on dit des goûts et des couleurs.

— Qu'il ne faut pas en discuter ? Oui, j'ai déjà entendu cela quelque part.

Un sourire amusé aux lèvres, Daniel s'engagea dans High Street et montra de l'index l'une des enseignes qui clignotaient au bout de la rue.

— Vous sentez-vous capable de marcher jusque là-bas ? demanda-t-il à son interlocutrice.

— Bien sûr ! s'exclama-t-elle avec un petit haussement d'épaules. Ce n'est pas parce que je suis enceinte que je dois rester assise dans un rocking-chair du matin au soir et passer mes journées à tricoter de la layette. Au cas où vous ne l'auriez pas remarqué, je vous signale que je suis en pleine forme et que je ne verrais aucun inconvénient à piquer un sprint.

— Inutile de me le préciser ! Lorsque vous vous êtes mise à galoper pour échapper à John Rafferty, je me suis dit que vous pourriez détrôner la championne du monde du cent mètres.

— Iona Lockwood, médaille d'or aux Jeux olympiques de Pékin. Cela ferait un beau titre à la une du *Times*, vous ne trouvez pas ?

— Si. D'autant plus beau et percutant que votre prénom est rarissime.

— Et vous, comment vous appelez-vous ?

— Daniel.

— Tout court ?

— Oui. Quand j'invite à dîner une jolie dame en détresse, je préfère rester incognito.

« Avoir un tel charme devrait être puni par la loi », songea Iona en pénétrant dans la boutique du traiteur chinois et en regardant Daniel s'approcher du comptoir. Vêtu d'un jean délavé que resserrait un gros ceinturon en cuir clouté et d'une chemise immaculée dont il avait roulé les manches au-dessus de ses coudes, il était la séduction personnifiée et n'aurait eu aucun mal à éclipser les play-boys aux larges épaules que se disputaient les agences de mannequins londoniennes. Comparés à lui, les autres hommes présents dans le magasin avaient l'air ternes, falots, presque inexistants.

Lorsqu'il était venu lui proposer son aide trois quarts d'heure plus tôt, il faisait si sombre dans Victoria Street qu'elle n'avait vu son visage qu'indistinctement, mais ici, en pleine lumière, elle pouvait le contempler tout à loisir sans qu'il s'aperçoive de l'examen dont il était l'objet. Pendant qu'il bavardait avec une vendeuse, elle détailla d'un œil admiratif ses épais cheveux bruns coupés très court sur la nuque, son front altier que balayaient des mèches rebelles, sa bouche aux lèvres fermes où flottait un sourire enjôleur et sa mâchoire carrée qui témoignait d'une énergie et d'une autorité hors du commun.

— Qu'avez-vous acheté de bon ? lui demanda-t-elle quand il la rejoignit à l'entrée de la boutique, les bras encombrés de deux poches en papier kraft.

— Des crevettes royales, du poulet au gingembre et aux oignons, des légumes frits et un peu de riz à la sauce aigre-douce, répondit-il en sortant du magasin et en dévalant le raidillon aux talus hérissés d'herbes folles qui reliait High Street à la plage de Yoxburgh. Cela vous convient ?

— A merveille.

— Si vous n'avez encore jamais utilisé de baguettes, il va falloir que vous appreniez à vous en servir, car j'ai eu beau réclamer des couverts en plastique à la vendeuse et lui faire du charme, elle a refusé de m'en donner. Il paraît que ce serait une hérésie de manger des spécialités chinoises avec une fourchette et un couteau.

— Je me débrouillerai, ne vous inquiétez pas. J'ai un tel creux à l'estomac que personne ne pourrait m'empêcher de goûter aux bons petits plats que vous avez achetés.

Daniel s'approcha d'un banc de pierre que la lune caressait du bout de ses rayons et s'y laissa tomber.

— Asseyez-vous et dînons, proposa-t-il à Iona. Puisque vous n'avez rien avalé de la journée, vous devez être au bord de la syncope.

— En effet ! répliqua-t-elle avant de s'installer à côté de lui et de saisir l'une des boîtes en carton qu'il lui tendait. S'il fallait que je me prive de nourriture jusqu'à minuit, je mourrais d'inanition sous vos yeux.

— Vous n'avez plus faim ? demanda Daniel en voyant Iona lâcher les baguettes qu'elle venait de manier avec une incroyable dextérité pendant vingt minutes.

— Plus du tout, répondit-elle. Encore une bouchée et mon estomac risquerait d'éclater.

— Comment avez-vous trouvé les crevettes royales ?

— Divines. Et le poulet au gingembre était également un pur régal. Je vous remercie de m'avoir offert ce pique-nique improvisé et de m'avoir aidée à transporter mon matelas.

— Lequel ? Celui que vous avez chipé aux propriétaires du Yoxburgh Star ou le vieux futon humide dont vous vous êtes débarrassée ?

— Les deux. Sans vous, j'aurais eu bien du mal à les soulever, l'un et l'autre, et à déjouer la surveillance du Cerbère.

— Jusqu'à quand comptez-vous squatter l'annexe de l'hôtel ?

— Jusqu'à ce que j'aie obtenu gain de cause. Il est évident que je ne pourrai pas rester éternellement dans ce taudis, mais, si je ne veux pas que ma fille soit dépossédée de son héritage, il va falloir que je me batte pour elle.

— Qui vous a dit que vous attendiez une petite fille et non pas un petit garçon ?

— Le gynécologue que j'ai consulté. Il m'a fait subir une échographie et, à la fin de l'examen, je lui ai demandé ce que je devais acheter : de la layette rose ou de la layette bleue.

— Avez-vous choisi le prénom que vous donnerez à votre enfant ?

— Pas encore. Tout ce que je sais, c'est que

je ne l'appellerai pas Yoxburgh bien qu'elle ait été conçue ici, dans le Suffolk.

— Personne ne vous reprochera d'avoir pris cette excellente décision.

— Personne, sauf ma mère, qui adore braver les usages et bousculer les idées reçues. Elle m'a baptisée Iona en souvenir du merveilleux week-end qu'elle avait passé avec mon père sur l'île écossaise de Iona neuf mois avant ma naissance et je n'ai pas l'intention de suivre son exemple. Heureusement qu'elle n'était pas allée à Glastonbury ou à Marrakech cet été-là, car j'aurais essuyé tellement de quolibets quand j'étais petite que j'aurais été traumatisée à vie !

A la vue de la grimace comique qu'esquissait Iona, Daniel partit d'un grand rire.

— Il est vrai que certains prénoms sont plus faciles à porter que d'autres, reconnut-il après avoir recouvré un peu de son sérieux.

— Je ne vous le fais pas dire. Si je m'étais appelée Glastonbury Lockwood, j'aurais été obligée de m'acheter de faux papiers pour ne pas avoir à décliner ma véritable identité. Comme je suis beaucoup moins excentrique que mes parents, je veillerai à ce que ma fille n'ait pas ce genre de problème.

— Où comptez-vous lui donner le jour ? Au Yoxburgh Star ?

— Cela dépendra.

— De quoi ?

— De l'issue de mon combat.

— Qu'est-ce qui vous a poussée à squatter l'annexe de l'hôtel ?

— C'est une longue histoire.

— Racontez-la-moi. J'ai tout mon temps.

Iona posa ses deux mains sur son ventre rond et, la tête levée vers le ciel, regarda une étoile filante souligner la lune d'une virgule dorée.

— J'ai passé mon enfance et mon adolescence à courir le monde avec ma mère, qui est anthropologue, déclara-t-elle. Chaque fois que nous arrivions quelque part, elle m'inscrivait dans une école internationale et, s'il n'y en avait pas à proximité de son lieu de travail – ce qui était souvent le cas –, elle me faisait elle-même la classe le soir et le week-end. Malgré la vie chaotique que j'ai menée dès mon plus jeune âge, j'ai réussi, Dieu sait comment, à décrocher mon bac et à entreprendre un cursus universitaire à Maastricht, là où a été signé le fameux traité sur l'Union européenne.

— A Maastricht ! répéta Daniel, intrigué. Qu'avez-vous étudié ?

— Le droit. Je voulais devenir avocate et défendre les populations opprimées, mais j'ai été obligée de renoncer à ce rêve.

— Pourquoi ?

— Parce que ma mère a attrapé un méchant virus et que j'ai dû aller m'occuper d'elle à des milliers de kilomètres des Pays-Bas.

— Au bout de combien de temps s'est-elle rétablie ?

— Au bout de quatre mois. Quand je me suis aperçue que mes camarades de fac avaient déjà passé les deux tiers de leurs examens et qu'il me serait impossible de combler mon retard, j'ai décidé de prendre des vacances et de partir à l'aventure.

— Quelle a été votre première destination ?

— La Thaïlande. C'est là que j'ai rencontré Jamie Dawes, le fils cadet de l'ancien propriétaire du Yoxburgh Star. Nous sommes tombés amoureux l'un de l'autre et nous avons sillonné l'Asie du Sud-Est pendant près d'un an. Ensuite, Brian, son père, a été victime d'un infarctus et nous avons été obligés de rentrer en Europe. Brian adorait Jamie et aurait aimé qu'il lui succède à la tête de l'hôtel, mais Jamie n'avait pas envie de s'enterrer dans une petite station balnéaire du Suffolk jusqu'à la fin des siècles. Alors, il a décidé de retourner à Bangkok et m'a demandé de l'accompagner.

— Que lui avez-vous répondu ?

— Que j'étais fatiguée de voyager et que je préférais rester à Yoxburgh.

— Avez-vous songé à reprendre vos études ?

— Oui. Je me suis inscrite à des cours de droit international et j'ai essayé de rattraper le temps perdu. Pour ne pas être à la charge de Brian, j'ai fait un tas de petits boulots qui m'ont permis de gagner un peu d'argent et de subvenir à mes besoins.

— Quel genre de petits boulots ?

— Du baby-sitting, par exemple. Quand les clients du Yoxburgh Star voulaient aller au théâtre ou au cinéma, je leur proposais de garder leurs enfants et ils étaient tellement heureux de pouvoir me les confier qu'ils me payaient rubis sur l'ongle. J'ai également été traductrice dans une société d'import-export et il m'est même arrivé de servir d'interprète à un viticulteur argentin qui désirait promouvoir ses vins en Europe et y créer un circuit de distribution.

— Vous parlez espagnol ?

— Couramment. Grâce à la vie de bohème que j'ai menée avec ma mère, j'ai appris plusieurs langues étrangères et, bien que je n'aie pas souvent l'occasion de rencontrer des Brésiliens dans le Suffolk, je sais encore dire « bonjour » et « merci » en portugais.

— Avez-vous revu Jamie Dawes après votre séparation ?

— Oui. Il est revenu à Yoxburgh en novembre de l'année dernière et nous nous sommes réconciliés, mais, si j'avais deviné qu'il n'aurait même pas la décence de rester en Angleterre jusqu'à Noël, je l'aurais envoyé balader au lieu de lui retomber dans les bras.

— Pourquoi avait-il décidé de rentrer au pays ?

— Pour réclamer dix mille livres à son père. Dès qu'il a eu l'argent en poche, il est retourné à Bangkok et il y est mort d'une encéphalite méningée sans se douter que j'étais enceinte de lui.

« Quel égoïste, ce type ! » pensa Daniel, ulcéré par la désinvolture dont avait fait preuve Jamie Dawes et par son irresponsabilité.

— Quand il a appris que Jamie était décédé, ajouta Iona, Brian a éprouvé un tel chagrin qu'il a failli succomber à une crise cardiaque. Comme il n'avait plus la force de travailler et que son médecin lui avait conseillé de ne pas se surmener, il a décidé de vendre le Yoxburgh

Star et de chercher une petite maison où nous pourrions vivre tous les deux. Il avait prévu de verser à Ian, son fils aîné, la moitié de la somme que lui avaient remise les trois nouveaux propriétaires de l'hôtel et de léguer le reste à mon enfant, mais il s'est éteint avant que nous n'ayons eu le temps de déménager. Le matin des obsèques, Ian est venu me parler au cimetière et m'a dit que Brian lui avait demandé de s'occuper du bébé et de moi. Alors, j'ai cru qu'il allait me proposer son aide.

— Et vous vous êtes trompée ?

— Lourdement. Au lieu de respecter les dernières volontés de son père, il m'a offert cinq cents livres et m'a ordonné de déguerpir.

— Brian Dawes ne vous avait pas couchée sur son testament ?

— Pas à ma connaissance. Je sais qu'il en avait rédigé un des années plus tôt et qu'il avait l'intention d'ajouter un codicille en ma faveur, mais il était tellement négligent qu'il a dû oublier de le faire.

— Où se trouve le document à l'heure actuelle ?

— Je l'ignore, hélas ! Comme la succession des gens qui meurent sans avoir rédigé de testament ne peut pas être liquidée très rapidement, Ian a fouillé le Yoxburgh Star de fond en comble pour essayer de trouver l'acte et n'a pas réussi à mettre la main dessus.

— L'avez-vous cherché, vous aussi ?

— Non. Le Cerbère m'a interdit de pénétrer dans l'hôtel et je n'ai pas voulu lui désobéir parce qu'il aurait été capable de téléphoner à la police et de m'envoyer en prison. M. Rafferty et moi ne sommes pas les meilleurs amis du monde et je préfère le fuir que d'exciter sa colère.

— A supposer que Brian Dawes ait modifié son premier testament ou qu'il en ait rédigé un second, à quel endroit l'aurait-il caché, selon vous ?

— Je n'en sais rien. Il n'avait aucun sens pratique et adorait semer la pagaille autour de lui. Quand je l'aidais à tenir sa comptabilité et que je lui reprochais son manque d'organisation, il me répondait toujours que le désordre, c'était la vie et qu'il aurait l'impression de mourir à petit feu s'il passait son temps à ranger ses papiers. Il est donc fort possible qu'il ait jeté le document à la poubelle par mégarde ou qu'il l'ait glissé derrière une bouteille de riesling, au fond de sa cave. Comme les nouveaux propriétaires du Yoxburgh Star ont déjà dû vider l'hôtel de ses meubles, je n'ai plus aucune chance de trouver quoi que ce soit.

— Qu'allez-vous faire ?

— Rester dans l'annexe jusqu'à ce quelqu'un se décide à m'aider. Une fois que j'aurai accouché, je démontrerai à Ian que Jamie était bien le papa de mon enfant grâce à un test d'ADN, mais, en attendant la naissance du bébé, je ne peux pas l'obliger à me donner de l'argent.

— Lui en voulez-vous beaucoup de vous avoir laissée dans le besoin ?

— Non. Il ne me connaît ni d'Eve ni d'Adam et n'est pas responsable des erreurs de son frère. Tout ce que je lui reproche, c'est de m'avoir traitée de sale petite intrigante et de m'avoir adressé des lettres de menace pour que je fiche le camp.

« Si je tenais ce salaud, je lui casserais la figure et je l'expédierais en enfer d'un crochet du droit », fulmina Daniel, honteux d'avoir ajouté foi aux propos insultants de Ian Dawes et d'avoir eu la sottise de suivre ses conseils. A cause de cette brute, il avait contraint Iona à vivre sans gaz ni électricité pendant des semaines et à se terrer comme une bête aux abois.

— Venez, je vais vous raccompagner, dit-il à la jeune femme en la voyant étouffer un bâillement. La journée a été rude et vous êtes fatiguée.

— Qu'allons-nous faire des restes de notre pique-nique ? l'interrogea-t-elle, le menton pointé vers un ballotin à peine entamé. Puis-je les garder ou préférez-vous les emporter chez vous ?

— Gardez-les, je vous en prie. Ils vous seront plus utiles qu'à moi.

— Merci. Je mangerai ces légumes frits demain matin, à mon réveil, et ils me rappelleront notre dîner au clair de lune. Il y a une éternité que je n'avais pas passé une aussi bonne soirée.

Après avoir laissé Iona seule dans sa petite chambre obscure et essayé en vain de refouler l'horrible sentiment de culpabilité qui le taraudait, Daniel regagna sa BMW et se glissa derrière le volant.

— Ah ! c'est vous, patron, s'écria John Rafferty en sortant de sa loge comme un diable d'une boîte à malice et en brandissant une torche électrique. J'ai entendu du bruit et j'ai cru qu'il s'agissait d'un rôdeur.

— Rien à signaler ?

— Non. Des gamins sont venus faire du raffut devant l'hôtel et ont jeté un vieux matelas dans le bac à ordures, mais, quand ils m'ont vu jaillir du hall d'accueil, ils ont décampé.

— A quoi ressemblaient-ils, ces gamins ?

— Je ne sais pas. La rue était tellement sombre que je n'ai pas pu distinguer leur visage.

Réprimant un soupir de soulagement, Daniel salua son employé d'un bref signe de tête, puis mit en marche le moteur de sa voiture et traversa le centre de Yoxburgh à la vitesse du son.

— Demain, il faudra que j'appelle Nick et Harry à la première heure et qu'on trouve un moyen de tirer Iona Lockwood du guêpier où elle s'est fourrée, murmura-t-il en arrivant à White Gate et en pénétrant dans sa grande maison vide.

Le vieux bâtiment aux murs lézardés qu'elle squattait allait bientôt être démoli et il était hors de question qu'elle y passe une journée de plus.

Hanté par le regard infiniment triste que lui avait lancé la jeune femme quand il avait pris congé d'elle et par le bruit des verrous qu'elle avait poussés dès qu'il avait tourné les talons, Daniel s'approcha de son lit d'un pas pesant et se glissa tout habillé entre ses draps.

— Pourvu qu'il ne pleuve pas cette nuit ! s'exclama-t-il avant de fermer les yeux et de sombrer dans le sommeil comme dans un abîme.

Ce fut un coup de tonnerre qui le réveilla au petit matin. Un coup de tonnerre assourdissant suivi d'une violente rafale et du tambourinement de la pluie sur le toit de sa villa.

Dévoré d'inquiétude, il leva la tête vers la fenêtre de sa chambre et vit des éclairs strier le ciel de longues balafres argentées.

— Nick va me haïr, mais tant pis ! marmonna-t-il en décrochant le gros téléphone noir qui encombrait sa table de chevet et en composant le numéro des Barron.

2.

— Allô, Nick ? jeta-t-il nerveusement dans le micro lorsqu'il perçut un léger déclic au bout du fil. Ici, Dan. Je t'appelle parce qu'il faudrait que Harry et toi veniez d'urgence à White Gate.

— Tu sais l'heure qu'il est ?

— Oui. 5 h 30.

— Et tu crois qu'il est normal de réveiller quelqu'un aux aurores un dimanche matin ?

— Tu penses bien que, si je n'avais pas eu une bonne raison de te téléphoner, je t'aurais laissé dormir jusqu'à midi.

— Qu'as-tu d'extraordinaire à me raconter ?

— J'ai fait la connaissance de notre squatteuse hier soir et elle est enceinte.

Il y eut un long silence sur la ligne, puis la voix ensommeillée de Nick Barron résonna de nouveau dans l'écouteur.

— Si on ne veut pas avoir de graves ennuis,

on a intérêt à trouver une solution le plus vite possible.

— C'est ce que je me suis dit. Moins nous tarderons à agir, mieux cela vaudra.

— Quand aimerais-tu que je vienne te rejoindre ?

— Dans une vingtaine de minutes. En t'attendant, je vais préparer le petit déjeuner.

— D'accord, mais ne compte pas sur moi pour appeler Harry. Il adore traîner au lit le week-end et je ne tiens pas à ce qu'il me raccroche au nez.

— Je me charge de lui, ne t'inquiète pas. Comme je suis son beau-frère et son meilleur ami, il n'osera pas me rembarrer.

— Tu parles ! Il sera tellement furieux d'avoir été réveillé par la sonnerie de son téléphone qu'il se fera un plaisir de t'incendier.

Après avoir pris congé de Nick et réussi à persuader Harry Kavenagh de renoncer à sa sacro-sainte grasse matinée du dimanche, Daniel alla brancher son percolateur et glisser dans son four à micro-ondes les viennoiseries surgelées qu'il avait eu la bonne idée d'acheter au début du week-end.

— Salut ! bougonna Harry lorsqu'il arriva à White Gate vingt minutes plus tard et qu'une délicieuse odeur de croissants chauds vint lui flatter les narines. J'espère que ce n'est pas pour me montrer tes talents de pâtissier que tu m'as tiré du lit.

— Donne-lui vite une tasse de café, Dan, grommela Nick en franchissant à son tour le seuil de la cuisine, les cheveux embroussaillés. Tu vois bien qu'il est de mauvaise humeur et qu'il a besoin d'un remontant.

— Au lieu de ronchonner, asseyez-vous, tous les deux, leur intima Daniel. Je vais vous servir.

Pendant que ses associés se dirigeaient d'un pas vacillant vers les chaises métalliques qui encerclaient la table et s'y laissaient tomber, il sortit trois mazagrans d'un placard et les remplit à ras bord de moka brûlant.

— Comment s'appelle notre squatteuse ? l'interrogea Nick après avoir déchiqueté à belles dents un petit pain au chocolat.

— Iona Lockwood.

— Et qui est le papa de son bébé ?

— Jamie Dawes, le fils cadet de l'ancien propriétaire du Yoxburgh Star.

— Le fils cadet ! releva Harry, les yeux ronds. Je ne savais pas que Ian Dawes avait un frère.

— Moi non plus, riposta Daniel.

— Pourquoi n'avons-nous jamais eu le plaisir de lui être présentés ?

— Parce qu'il est décédé.

— Mlle Lockwood peut-elle prouver que c'est bien lui le père de son enfant ?

— Qu'elle le puisse ou pas ne change rien au problème. Si nous ne voulons pas que le toit de l'annexe lui tombe dessus la prochaine fois qu'il pleuvra, il va falloir que nous la sortions de là, et en vitesse ! Avant-hier soir, elle a failli mourir écrasée sous une solive et je ne tiens pas à avoir sa mort sur la conscience.

— Où l'as-tu rencontrée ?

— Au pied du Yoxburgh Star. Elle essayait d'extirper de la poubelle le vieux matelas que j'y avais déposé.

— Et tu l'en as empêchée ?

— Au contraire ! Je lui ai donné un coup de main et je l'ai invitée à dîner.

— Pour la remercier de nous avoir empoisonné la vie ces six dernières semaines ?

— Non. Pour apprendre à mieux la connaître et pour lui demander ce qu'elle comptait faire. Si son bébé est bien la fille de Jamie Dawes, comme elle le prétend, elle héritera de la moitié de la somme que nous avons versée au notaire de Brian Dawes lorsque nous avons acheté le Yoxburgh Star.

— Qu'est-ce qui te permet de l'affirmer ? Tu as passé la nuit à feuilleter le code civil ?

— Je n'en ai pas eu besoin. En surfant sur Internet le mois dernier, j'ai lu qu'un grand-père avait le droit de léguer sa fortune à ses petits-enfants, qu'ils soient nés *ou à naître*.

— Brian Dawes avait-il rédigé un testament ?

— Oui, mais personne ne sait où il l'a caché. Il paraît que son fils aîné a fouillé l'hôtel de la cave au grenier et qu'il n'a pas réussi à le trouver.

— Que prévoit la loi dans ce genre de situation ?

— Je l'ignore. La seule chose que je peux te dire, c'est que les journalistes et les habitants de Yoxburgh nous traiteront d'assassins s'il arrive malheur à Iona Lockwood. J'imagine déjà les gros titres des quotidiens régionaux : « Une future maman écrasée sous des tonnes de gravats. Les propriétaires du vieux bâtiment qu'elle squattait déclinent toute responsabilité. »

— Que devons-nous faire pour éviter d'être accusés de négligence ?

— Téléphoner à notre équipe de juristes et suivre leurs sages conseils.

Nick porta son mazagran à ses lèvres et but une longue gorgée de café.

— Te connaissant, Dan, je suis étonné que tu ne les aies pas appelés dès l'aube, se moqua-t-il, et que tu ne leur aies pas ordonné de venir te rejoindre à White Gate *illico presto*.

— S'ils m'avaient communiqué leurs numéros personnels, riposta Daniel, je n'aurais pas hésité à les réveiller et à les bombarder de questions.

— Oh ! je n'en doute pas une seconde, s'exclama Harry. Tu es un vrai despote.

— Ce n'est pas par sadisme que je t'ai tiré du lit, mon vieux, c'est par nécessité. Il est urgent que nous aidions Iona à faire valoir ses droits et à trouver un logement.

— Puisque ce « détail » semble t'avoir échappé, je te signale que son combat n'est pas le nôtre et que nous n'avons aucune raison de nous en mêler. Nous sommes des investisseurs, pas des philanthropes, et rien ne nous oblige à secourir une inconnue. Au lieu de la prendre en pitié, nous devrions la chasser de l'annexe et la confier aux services sociaux.

— Tu oublies qu'elle est enceinte et qu'il serait imprudent de lui causer le moindre choc.

— Non, je n'oublie pas qu'elle attend un enfant. Mais, comme ni toi ni moi ne sommes le père du bébé, je ne vois pas en quoi ses problèmes nous concernent.

— Quand tu es parti en reportage à l'étranger et que tu as croisé la route de Carmen, tu t'es montré un peu plus charitable qu'aujourd'hui.

Une ombre traversa le regard de Harry et ses traits se durcirent.

— Ce n'était pas la même chose, jeta-t-il d'un ton rogue. Carmen était menacée de mort et, si je ne l'avais pas aidée, je me le serais reproché toute ma vie.

— Iona court également un grave danger et il n'est pas question que nous la laissions lutter seule contre ce requin de Ian Dawes.

— Tu as raison, Dan, approuva Nick après avoir dévoré un pain aux raisins et bu son café à lentes gorgées. Il faut que nous appelions nos conseillers juridiques et que nous obligions Mlle Lockwood à quitter l'annexe du Yoxburgh Star.

— L'ennui, c'est qu'elle n'est pas notre locataire et qu'il nous est impossible de l'expulser au sens légal du terme.

— Il ne nous reste donc qu'une solution : démolir son squat et lui réserver une chambre dans l'un des hôtels de la côte.

— Non. J'ai une meilleure idée.

— Aïe ! s'exclama Harry, goguenard. Je crains le pire.

— On se demande bien pourquoi, riposta Daniel du tac au tac.

— Que comptes-tu faire ? l'interrogea Nick d'un ton inquiet.

— Je ne peux pas te le dire avant d'en avoir touché un mot à Iona.

— Aurais-tu oublié que nous sommes tes associés et que tu n'as pas le droit de prendre des décisions sans nous en parler ? grommela Harry. J'ai investi les deux tiers de mes royalties dans cette aventure et je n'ai pas envie de les voir s'évanouir en fumée.

— Tu ne perdras pas un seul penny, sois tranquille. Dès que j'aurai discuté avec Iona et qu'elle m'aura donné son avis, je t'expliquerai ce que j'ai en tête.

— J'espère que tu sauras te montrer persuasif, lança Nick à Daniel, car je vais aller consulter notre équipe de juristes demain matin et cela m'étonnerait qu'ils t'accordent le moindre délai.

— Ne te laisse pas attendrir par cette fille, Dan, maugréa Harry, ou tu risques de tomber dans le même piège que moi et de t'en mordre les doigts.

*
* *

— Qui est là ? demanda Iona quand Daniel vint frapper à la porte de l'annexe une heure et demie plus tard.

— Dan, répondit-il d'un ton enjoué.

— Je ne connais pas de Dan.

— Mais si ! Je vous ai aidée à vous débarrasser de votre vieux matelas hier et nous avons dîné ensemble sur la plage.

— Ah ! c'est vous, Daniel ? s'écria la jeune femme en tirant un à un les verrous qu'elle avait poussés la veille au soir et en entrebâillant le lourd panneau de chêne bardé de ferrures derrière lequel il s'impatientait. Navrée de ne pas vous avoir ouvert tout de suite. J'ai eu peur que les nouveaux propriétaires de l'hôtel ne m'aient envoyé un huissier pour m'obliger à quitter les lieux.

— Ne vous excusez pas. Etant donné les circonstances, il est normal que vous soyez méfiante et que vous éprouviez le besoin de vous barricader.

— Qu'est-ce qui me vaut l'honneur de votre visite ?

— Je suis venu vous faire une offre.

— J'espère que vous n'allez pas me proposer de coucher avec vous en échange d'un bon repas, car j'aimerais mieux me laisser mourir de faim que de conclure ce genre de marché.

— Si vous me croyez capable d'une telle bassesse, cela prouve que vous manquez de psychologie. Jamais je n'ai rendu service à une jolie fille en pensant qu'elle me tomberait plus facilement dans les bras et je ne vais pas commencer aujourd'hui.

A la vue de la poche en papier sulfurisé que brandissait Daniel, Iona esquissa un sourire.

— Qu'y a-t-il là-dedans ? l'interrogea-t-elle, la mine gourmande.

— Trois brioches, des pains aux raisins et une demi-douzaine de croissants, répondit-il. M'autorisez-vous à entrer ou préférez-vous que je jette ces délicieuses viennoiseries dans la poubelle du Yoxburgh Star pour qu'elles tiennent compagnie à votre vieux futon jusqu'à l'arrivée des éboueurs ?

— Ah, non ! Ne faites pas cela, je vous en supplie. Bien que j'aie dévoré les restes de notre pique-nique à mon réveil, j'ai encore faim. Ce doit être à cause de mon état. J'ai lu quelque part que les femmes enceintes avaient deux fois plus d'appétit que les autres.

Iona ouvrit en grand la porte de l'annexe, puis

laissa Daniel pénétrer dans le hall et referma le battant derrière lui.

— Regardez où vous mettez les pieds, lui conseilla-t-elle en enjambant les gravats qui encombraient le vestibule et en grimpant l'escalier. Il a beaucoup plu ce matin et l'une des solives qui avaient résisté à la dernière averse s'est effondrée. Si le temps ne s'améliore pas avant la fin de la semaine, je serai sans doute obligée de passer le week-end à la belle étoile.

— L'orage a-t-il causé des dégâts ailleurs que dans l'entrée ?

— Non, heureusement. Le plafond de ma chambre est intact.

Iona arracha des mains de Daniel les viennoiseries qu'il avait achetées chez le meilleur pâtissier de Yoxburgh et alla s'asseoir sur son matelas.

— Veuillez excuser mon impatience, lui dit-elle. Quand j'ai le ventre creux, j'oublie mes bonnes manières.

— Rien d'étonnant à cela ! N'importe qui, à votre place, réagirait de la même façon.

— Avez-vous déjà pris votre petit déjeuner ?

— Oui. J'ai invité des amis et nous avons bu une tasse de café ensemble.

— Il est donc inutile que je vous offre une brioche ou un pain aux raisins ?

— Complètement inutile.

Daniel s'adossa au chambranle de la fenêtre et regarda Iona déguster un croissant d'un air extasié.

— De quoi souhaitez-vous me parler ? lui demanda-t-elle entre deux bouchées.

— De l'emploi de gouvernante que j'aimerais vous proposer. Depuis que j'ai emménagé à White Gate, je vis dans un indescriptible capharnaüm et j'aimerais que vous m'aidiez à faire le ménage.

— Je serais très heureuse de vous donner un coup de main, mais c'est impossible. Si je quitte l'annexe du Yoxburgh Star, les nouveaux propriétaires de l'hôtel la démoliront et je ne pourrai plus exercer la moindre pression sur Ian Dawes.

— Traînez ce sale type devant les tribunaux et il finira par capituler.

— Avec quel argent voulez-vous que je m'offre les services d'un avocat ? Il ne me reste que trois cents livres et je ne tiens pas à les gaspiller.

— Ne vous préoccupez pas de cela. Je connais d'excellents juristes et ils ne demanderont pas mieux que de vous défendre.

— Qui réglera leur note d'honoraires ?

— Moi.

— Vous ! s'écria Iona, les prunelles élargies de stupeur. Pourquoi feriez-vous une chose pareille ?

Je ne suis ni votre petite amie ni votre fiancée et vous ne me devez rien.

— Disons, alors, que j'aimerais vous aider par pure générosité.

— Oh ! il y a longtemps que j'ai rayé ce mot de mon vocabulaire et que j'ai cessé de croire au Père Noël. A force de voyager et d'étudier la nature humaine, je me suis rendu compte que très peu de gens étaient désintéressés. Il n'y a donc aucune chance que je me jette à votre cou en témoignage de ma gratitude et que je vous laisse m'emmener loin du Yoxburgh Star sur votre beau cheval blanc.

Amusé par la virulence du ton, Daniel s'assit à côté de Iona et planta son regard dans celui, suspicieux, de la jeune femme.

— Ce n'est pas une escapade au royaume de la Belle au bois dormant que je vous propose, lui rappela-t-il, c'est un emploi.

— En admettant que je vous suive à White Gate, quel genre de relations entretiendrons-nous ?

— Des relations strictement professionnelles. Vous ferez le ménage et la cuisine en échange d'un bon salaire et d'un studio confortable où vous ne serez pas privée d'électricité. Au lieu de passer vos soirées dans le noir complet, vous pourrez allumer toutes les lampes de votre appartement à la tombée de la nuit et, quand vous aurez faim, vous ne serez pas obligée d'aller acheter des boîtes de conserve à l'épicerie du coin ni de fouiller dans les poubelles du quartier. Vous n'aurez qu'à ouvrir le réfrigérateur et à vous servir.

— Pourquoi une telle générosité ?

— Parce que j'ai besoin d'une gouvernante, je vous l'ai déjà expliqué. Si vous hésitez encore à accepter le poste, venez à White Gate et vous me donnerez votre réponse une fois que vous aurez visité la maison.

— Avant de m'embaucher, il faudra que vous me fournissiez de sérieuses références.

Un sourire étira les lèvres de Daniel.

— D'habitude, ce sont les patrons qui exigent des certificats de leurs futurs employés, et non pas l'inverse, lança-t-il à Iona.

— Dommage que Brian Dawes soit décédé, rétorqua-t-elle, car il vous aurait dit que j'étais une travailleuse acharnée et que je l'avais aidé à tenir son hôtel. Maintenant qu'il n'est plus là, je ne sais pas qui pourrait vous renseigner. La société d'import-export dont je vous ai parlé hier soir a fait faillite au début de l'année et les clients du Yoxburgh Star dont j'ai gardé les enfants ont quitté le Suffolk il y a belle lurette. Si vous avez le moindre doute à mon sujet, vous n'aurez qu'à m'engager à l'essai pendant quelques semaines et vous verrez que je suis digne de confiance.

— Dois-je comprendre que vous acceptez ma proposition avant même d'avoir visité White Gate ?

— Oui. Puisque le plafond ne risque pas de me tomber sur la tête et que l'électricité n'a pas été coupée, je veux bien devenir votre gouvernante.

— Waouh ! s'écria Iona lorsque la BMW de Daniel franchit les grilles armoriées de White Gate à la fin de la matinée et que l'étrange villa où il habitait apparut au bout d'une longue allée gravillonnée.

Plus originale que vraiment belle, elle offrait un tel contraste avec les cottages recroquevillés sous leur toit de chaume au bord des routes du Suffolk qu'on avait l'impression, à la vue de ses murs blancs percés de fenêtres triangulaires et de ses lignes épurées, d'avoir été propulsé dans une autre galaxie.

— Que signifie ce cri ? interrogea Daniel après s'être arrêté sur le vaste terre-plein qui séparait le garage du bâtiment principal. Est-ce un cri d'enthousiasme ou une exclamation de stupeur ?

— Les deux, répondit Iona, époustouflée. Quand vous m'avez invitée à venir admirer votre maison, j'étais loin de me douter que vous aviez élu domicile à des années-lumière de notre bonne vieille planète.

— Voulez-vous que je vous fasse faire le tour du propriétaire dès maintenant ?

— Oui. J'ai hâte de voir jusqu'où celui qui a dessiné le plan de cette superbe villa a poussé l'audace.

Un sourire énigmatique au coin des lèvres, Daniel sauta à bas de son siège, puis aida galamment Iona à descendre de sa BMW et ouvrit la large porte en aluminium de son vestibule.

— Magnifique ! s'extasia la jeune femme en pénétrant dans le hall et en apercevant au fond du living-room une immense baie vitrée que le soleil criblait d'étincelles dorées.

Fascinée par la beauté du spectacle qui s'offrait à ses yeux, elle s'approcha de la rambarde dont les arabesques en fer forgé encerclaient une terrasse dallée de marbre blanc et regarda la mer du Nord brasser nonchalamment ses eaux limpides le long de la grève.

— Quand j'étais petite et que j'allais rendre

visite à mes grands-parents, au bord de la Manche, j'adorais m'asseoir en haut d'une falaise et écouter les vagues se briser sur les rochers, jeta-t-elle d'une voix étouffée, comme si elle craignait de troubler la quiétude du parc qui dessinait de chaque côté de la maison une vaste fresque en camaïeu où se déclinait toute la gamme des rouges et des verts.

— Peut-être est-ce parce que vous avez été conçue sur une île, au large de l'Ecosse, que vous aimez à ce point le bruit du ressac, murmura Daniel en la rejoignant à pas feutrés et en s'accoudant à la balustrade.

— Peut-être…

— Croyez-vous que vous vous plairez à White Gate ?

— Je ne le crois pas, j'en suis persuadée. Vous avez une chance folle de vivre ici et de pouvoir contempler la mer du matin au soir.

— Que pensez-vous de la villa en elle-même ?

— Qu'elle est stupéfiante. Elle me rappelle ces demeures somptueuses que de riches excentriques avaient fait bâtir dans les années 1930 et dont j'ai vu un jour la photo à la une d'un magazine de décoration.

— Cette comparaison me flatte, mais je ne

suis pas certain que l'architecte qui a tracé le plan de ma maison mérite de tels éloges.

— Vous plaisantez ou quoi ? Ce type est un génie et j'aimerais beaucoup le rencontrer pour le féliciter de son talent. Le connaissez-vous ?

— Très bien, oui.

— Où se trouve son cabinet ?

— Ici.

— A Yoxburgh, vous voulez dire ?

— Non. Ici même, à White Gate.

Iona ouvrit de grands yeux.

— C'est… c'est vous qui avez créé ce chef-d'œuvre ? balbutia-t-elle, le premier moment de stupeur passé.

Daniel acquiesça d'un signe de tête.

— J'ai eu de la chance de pouvoir acheter ce terrain, déclara-t-il en embrassant le parc d'un geste ample. Autrefois, il y avait une maison au bord de la falaise. Une maison plus petite et plus simple que la mienne, mais tout aussi extravagante. Comme la vieille dame qui y habitait n'avait pas eu les moyens de la rénover après le décès de son mari, elle avait fini par tomber en ruine et avait dû être démolie à la suite d'un incendie. Quand j'ai souhaité obtenir un permis de construire, le maire de Yoxburgh m'a demandé de concevoir une villa qui ressemble à celle de l'ancienne propriétaire et j'aime tellement l'architecture d'avant-garde que je n'ai élevé aucune objection. Depuis que j'ai emménagé à White Gate, je remercie chaque matin la Providence de m'avoir amené ici, dans ce cadre idyllique, et de…

— La Providence n'a pas grand-chose à voir là-dedans, interrompit Iona. Ce n'est pas grâce à votre bonne étoile que vous avez pu acquérir le terrain de vos rêves, c'est grâce à votre argent. Je parie que vous êtes riche à millions et que vous avez toujours vécu dans le luxe.

— Oh ! détrompez-vous, s'exclama Daniel avec un petit sourire d'autodérision. J'ai eu des débuts difficiles et il m'est même arrivé de tirer le diable par la queue. Si je n'étais pas parti travailler aux Etats-Unis et que je n'y avais pas fait de bons investissements, je serais fauché comme les blés à l'heure où je vous parle.

— Combien de temps êtes-vous resté en Amérique ?

— Une dizaine d'années. J'ai quitté l'Angleterre à la fin de mes études, mais je n'ai commencé à gagner de l'argent que beaucoup plus tard, lorsque je me suis installé à Manhattan et que j'y ai aménagé un loft qui a triplé de valeur en l'espace de huit mois. Quand on est architecte, on fréquente des promoteurs et on est souvent informé des bonnes affaires du moment. On peut donc saisir les occasions qui se présentent et toucher le jackpot sans être un as de la finance. Ce qui m'a permis de m'enrichir, ce sont uniquement mes relations.

— Vous êtes trop modeste !

— Non, je vous assure. Je n'ai eu aucun mérite particulier. Tout ce que je possède, je le dois à mes collègues new-yorkais et à…

— … votre incroyable talent, compléta Iona à la place de Daniel. Quoi que vous disiez, je suis certaine que vos clients n'ont eu qu'à se féliciter de s'être adressés à vous, acheva-t-elle en regagnant le living-room et en balayant la pièce d'un regard ébloui.

Disséminés autour d'une grosse cheminée centrale dont la hotte blanchie à la chaux s'envolait jusqu'à la poutre maîtresse du plafond, des tapis aux couleurs vives et aux formes géométriques contrastaient avec la sobriété du mobilier.

— Ne faites pas attention au désordre ! lança Daniel en s'engouffrant sous l'arcade qui reliait le séjour à la cuisine. Après le départ de mes amis ce matin, j'étais tellement impatient d'aller vous proposer un emploi que je n'ai pas pris la peine de ranger.

— Il est évident que vous avez besoin d'une

gouvernante, rétorqua Iona à la vue des mazagrans, du paquet de café et des morceaux de sucre éparpillés sur la table. Est-ce parce que vous êtes un créateur de génie que vous vous complaisez dans ce fouillis artistique ?

— Non. Si j'avais été médecin ou avocat, je ne serais pas devenu un virtuose du balai ni un obsédé du plumeau.

— Moi, je suis très méticuleuse et très organisée. Avant de me mettre à squatter l'annexe du Yoxburgh Star, j'aurais préféré mourir que de porter des socquettes dépareillées ou d'enfiler un chemisier froissé.

— Vous êtes donc exactement la personne qu'il me faut.

— A condition que je ne me laisse pas distraire par la beauté du panorama et que je ne passe pas mes journées à le contempler.

— Aucun risque ! Quand j'ai emménagé à White Gate, j'ai cru également que je n'arriverais pas à me concentrer et que mon travail s'en ressentirait, mais je me suis vite habitué au spectacle grandiose que m'offrait la mer chaque fois que je jetais un œil par la fenêtre de mon bureau.

— Comment peut-on se lasser d'une telle vue ? murmura Iona en tournant la tête vers le large et en regardant les vagues denteler la ligne à peine perceptible de l'horizon.

— Suivez-moi, lui dit Daniel. Je vais vous montrer le reste de la maison.

— Qu'y a-t-il derrière cette porte, au fond du hall ? demanda-t-elle après avoir quitté la cuisine et regagné le vestibule.

— Mon atelier de dessin. Vous n'aurez pas besoin d'y faire le ménage, car j'y ai entassé un invraisemblable bric-à-brac que moi seul serai capable de ranger le jour où je me déciderai à tirer un trait sur le passé.

Etonnée de l'amertume du ton, mais trop polie pour poser les questions qui lui brûlaient les lèvres, Iona gravit l'escalier en silence et se laissa guider de pièce en pièce avec docilité.

— Est-ce parce que vous n'avez pas encore eu le temps d'acheter des voilages qu'il n'y a pas de rideaux aux fenêtres ? s'informa-t-elle en pénétrant dans une luxueuse salle de bains qui dominait la plage de Yoxburgh du haut de ses parois de verre et d'aluminium.

En guise de réponse, Daniel posa un doigt sur l'un des interrupteurs alignés à droite de la porte et pressa le bouton jusqu'à ce que les vitres s'obscurcissent comme par enchantement.

— Toutes mes baies coulissantes sont à transparence variable, expliqua-t-il. Elles sont munies d'un dispositif ingénieux qui me permet de les assombrir ou de les éclairer à volonté, ce qui est pratique quand on habite dans une maison orientée au sud.

— Pratique, mais assez coûteux, j'imagine, riposta Iona d'un petit ton réprobateur. Chaque fois que vous vous amusez à filtrer la lumière du jour, vous consommez de l'énergie et c'est mauvais pour l'environnement.

— Non. Grâce aux matériaux de construction ultramodernes que j'ai utilisés et aux normes bioclimatiques que je me suis efforcé de respecter, ma facture d'électricité est beaucoup moins élevée que vous ne le pensez. Les murs de la villa sont très bien isolés et il y a des capteurs solaires sur le toit.

— Quel type de chauffage avez-vous choisi ?

— Une thermopompe reliée à des cellules photovoltaïques. En dehors de la baie coulissante du living-room, qui est à transparence variable comme je vous l'ai expliqué, les fenêtres du rez-de-chaussée sont équipées d'un triple vitrage à basse émissivité.

— Ce qui veut dire ?

— Que la température à l'intérieur de la maison

est parfaitement régulée en hiver comme en été. Lorsque le mercure descend au-dessous de zéro au mois de janvier, je consomme très peu d'énergie supplémentaire, car il n'y a aucune déperdition de chaleur. Et, quand il se met à grimper en juillet ou en août, je n'ai pas besoin de climatiseurs. Puisque l'avenir de la planète vous préoccupe, sachez également que je récupère l'eau de pluie pour arroser ma pelouse. Je pense donc avoir droit à toute votre considération.

— Oh ! mais vous l'avez, rassurez-vous, s'exclama Iona. Si l'écologie était une discipline olympique, je vous décernerais la médaille d'or sans hésiter. Vous êtes un architecte talentueux doublé d'un citoyen modèle.

— Merci du compliment, mademoiselle Lockwood, répliqua Daniel en s'inclinant avec une feinte solennité. Il me va droit au cœur.

— Tant mieux, car il était sincère, déclara-t-elle dans un sourire.

Puis, impatiente de visiter l'appartement qu'il lui avait réservé, elle ajouta :

— Où est situé le confortable studio que vous avez prévu de mettre à ma disposition ?

— Au rez-de-chaussée, lança-t-il avant de dégringoler l'escalier et d'aller ouvrir l'une des hautes portes cintrées qui alignaient leurs jolis panneaux de cèdre le long du vestibule. Comme vous devez bientôt accoucher, je me suis dit que le bébé et vous seriez moins à l'étroit ici que dans l'une des pièces du premier étage. La suite comprend une kitchenette, une salle d'eau, un boudoir dont la baie vitrée donne sur la mer, une grande chambre et une deuxième, plus petite, que vous pourrez transformer en nursery dès que votre fille sera née. Si vous trouvez votre cuisine trop exiguë ou que vous n'avez pas envie de déjeuner et de dîner seule le week-end, je serai heureux que vous veniez me tenir compagnie de l'autre côté de la cloison.

— Quand vous aurez goûté à mes spécialités, vous regretterez peut-être de m'avoir engagée, jeta Iona, émue par la sollicitude que lui témoignait Daniel, mais trop fière pour l'avouer.

— Oh ! ça m'étonnerait, s'exclama-t-il. Mes talents de cordon-bleu laissent tellement à désirer que je ne risque pas de vous reprocher quoi que ce soit.

— A moins que je ne vous serve des plats trop épicés et que vous n'ayez l'estomac perforé. En courant le monde avec ma mère, j'ai appris un tas de recettes exotiques et certaines sont très originales.

— Je survivrai, ne vous tracassez pas.

— Espérons-le, car je m'en voudrais de vous empoisonner, au propre comme au figuré. Une fois que j'aurai accouché, que se passera-t-il si mon bébé se met à pleurer au beau milieu de la nuit et vous empêche de dormir ?

— Nous aviserons le moment venu. En attendant, dites-moi ce que vous pensez de ce studio.

— Qu'il est superbe et que je me vois bien y emménager.

— Dois-je en déduire que vous acceptez d'être ma gouvernante ?

— Oui. Je sais que je ne corresponds pas à l'image qu'on se fait d'une domestique stylée, mais j'essaierai de me montrer à la hauteur de la situation. Pour avoir le privilège d'habiter à White Gate, je serais prête à pactiser avec le diable et à lui vendre mon âme.

« Vous la lui avez déjà vendue sans vous en douter », rétorqua mentalement Daniel, honteux de ne pas avoir avoué à Iona qu'il était l'un des copropriétaires du Yoxburgh Star et qu'il l'avait tyrannisée pendant six semaines sur les conseils de Ian Dawes.

3.

— Prête à pactiser avec le diable, mais pas à vivre sous le même toit qu'un tueur en série ! ajouta Iona. Ce n'est pas parce que vous êtes un excellent architecte que je vais vous accorder ma confiance les yeux fermés. Avant d'emménager à White Gate, j'aimerais que vous me fournissiez les fameuses références dont je vous ai parlé.

— Auprès de qui voulez-vous vous renseigner ? questionna Daniel.

— Auprès d'une personne qui vous a connu autrefois et qui saura se montrer objective. Ne pourriez-vous pas m'emmener chez l'un de vos anciens profs de lycée, par exemple, ou chez le pasteur de Yoxburgh ?

— Vous oubliez que nous sommes dimanche et qu'il serait impoli d'aller frapper à la porte du révérend Ryerson sans l'avoir averti de notre visite.

— Que me suggérez-vous ?

— De téléphoner à Harry Kavenagh.

— Le célèbre journaliste de télévision qui a été correspondant de guerre en Irak et qui a failli mourir asphyxié lors d'un séisme en Indonésie ?

— Oui. Quand nous étions petits, lui et moi étions inséparables. Sa grand-mère habitait à Chestnut Grove, la villa contiguë à celle de mes parents, et il venait souvent y passer ses vacances. Comme nous avions le même âge et que nous nous entendions formidablement bien, nous faisions les quatre cents coups ensemble et nous tramions toutes sortes de complots en cachette des adultes. Nous avions fondé un club secret et nous nous étions juré de rester amis à la vie, à la mort.

— Avez-vous tenu parole ?

— Plus ou moins. Nos obligations professionnelles nous ont empêchés pendant des années de respecter notre serment, mais nous nous sommes retrouvés à mon retour de New York et nous avons essayé de rattraper le temps perdu. Aujourd'hui, Harry est mon associé et mon beau-frère. Dès qu'il est rentré de son reportage à Djakarta, il a épousé ma sœur Emily et s'est installé à Yoxburgh.

— Ce n'est pas à lui que j'aimerais téléphoner.

Il est tellement proche de vous qu'il n'osera pas vous critiquer. Si vous êtes un dangereux criminel et qu'il le sait, il préférera me raconter des bobards que de vous trahir. Qui d'autre que M. Kavenagh pourrions-nous appeler ?

— Nick Barron. Il brasse des millions de livres à la City et a investi une somme faramineuse dans un projet immobilier que je… que j'ai à cœur de réaliser.

Dédaignant la légère hésitation qu'avait marquée Daniel et le sourire embarrassé dont il la gratifiait, Iona secoua énergiquement la tête.

— Les financiers qui spéculent en Bourse sont tous des vautours prêts à se damner pour doubler le montant de leur fortune, déclara-t-elle d'un petit ton doctoral. Il y a donc peu de chances que je croie ce Nick Barron sur parole s'il me jure ses grands dieux que vous êtes la perfection incarnée.

— Téléphonons plutôt à sa femme, alors. Bien qu'elle soit architecte, comme moi, elle aime mieux pouponner que de tracer des plans.

— Depuis quand la connaissez-vous ?

— Depuis une éternité. Nous avons fréquenté la même école primaire et elle a fait partie de mon club secret avec Emily, qui était l'une de ses meilleures amies à l'époque et qui l'est encore aujourd'hui.

— Avez-vous été amoureux d'elle ?

— Oui, mais cela n'a pas duré. Lorsque je me suis penché au-dessus de son pupitre à la fin d'un cours d'arithmétique ennuyeux à pleurer et que je l'ai embrassée à pleine bouche pour épater mes copains, elle m'a flanqué une paire de gifles tellement retentissantes que je n'ai pas osé lui voler un autre baiser.

Iona éclata d'un rire argentin.

— Quel est le nom de cette furie ? interrogea-t-elle après avoir recouvré son sérieux.

— Georgie Cauldwell Barron. Elle a un caractère bien trempé et de l'énergie à revendre.

— Appelez-la. Puisque c'est une femme et qu'elle a eu le courage de vous envoyer promener, je suis sûre que je peux lui faire confiance.

« Comme si la franchise était une qualité exclusivement féminine et que les hommes étaient tous des hypocrites ! » s'indigna Daniel en décrochant son téléphone et en enfonçant les touches d'un doigt irrité.

— Allô, Georgie ? bougonna-t-il après avoir activé le haut-parleur du combiné afin de permettre à Iona de participer à la conversation sans avoir à plaquer le récepteur contre son oreille. Je suis en compagnie de… d'une jeune chômeuse que j'aimerais engager et il faudrait que tu lui dises ce que tu penses de moi.

— Pourquoi ?

— Parce qu'elle a des doutes à mon sujet et qu'elle refuse de signer son contrat d'embauche tant que je ne lui aurai pas prouvé que je suis un gentleman et que je ne risque pas de l'étrangler dans un accès de folie.

— Ce que tu veux, en somme, c'est que je te serve de témoin de moralité ?

— Oui.

— Comment s'appelle ta future employée ?

— Iona. Vu la piètre opinion qu'elle a des hommes, je préfère vous laisser bavarder entre femmes.

— D'accord…

Dès que Daniel se fut éloigné de trois pas, Iona s'approcha du guéridon marqueté où trônait le téléphone et lança d'une voix ferme :

— Pardon de vous déranger, madame Barron, mais j'aimerais vous poser une ou deux petites questions.

— Allez-y, lui intima Georgie. Je vous écoute.

— Depuis combien de temps connaissez-vous Daniel ?

— Depuis vingt-cinq ans.

— Pensez-vous qu'il soit digne de confiance ?

— Evidemment ! Mes enfants l'adorent et il lui arrive souvent de jouer avec eux. Malgré cette agaçante manie qu'il a de se sous-estimer, c'est un type formidable et un architecte de talent.

— Je le sais. Il vient de me faire visiter sa maison.

— Ah bon ! Pourquoi vous a-t-il amenée à White Gate ?

— Parce qu'il veut que je sois sa gouvernante et que je l'aide à…

— Sa gouvernante ! coupa Georgie d'un ton incrédule. Vous êtes sérieuse ?

— Très sérieuse. Quel genre de poste pensiez-vous qu'il m'avait proposé ?

— Un poste de secrétaire ou de dessinatrice. Mais, à la réflexion, je ne suis pas surprise qu'il ait décidé d'embaucher une femme de ménage. Il est pathologiquement désordonné et doit en avoir assez de vivre dans un souk. Comme il ne sait ni cuisiner, ni repasser, ni laver la vaisselle, il va falloir que vous vous armiez de courage, ma pauvre Iona, car vous allez avoir du travail par-dessus la tête. Si j'étais vous, j'hésiterais à accepter le…

— Tu n'as pas honte de me poignarder dans le dos, Georgie ? interrompit Daniel en se précipitant vers le téléphone et en désactivant le haut-parleur. A t'entendre, on croirait que je suis un incurable fainéant et que j'ai hâte d'engager une bonne à tout faire pour pouvoir jouer les nababs.

— Au lieu de me reprocher ma franchise, riposta son amie, dis-moi donc où tu as déniché cette perle rare que tu rêves de réduire en esclavage.

— Cela ne te regarde pas.

— Ne s'agirait-il pas de notre squatteuse, Dan ? s'inquiéta Nick, qui avait dû attraper au vol des bribes de la conversation et arracher le récepteur des mains de sa femme.

— Quel flair ! Quelle perspicacité ! se moqua Daniel avant de saluer son associé d'un rapide « à bientôt » et de propulser sur le guéridon le combiné qu'il tenait entre ses doigts crispés.

— Comme j'ai trouvé Mme Barron très sympathique et que je n'ai aucune raison de douter de sa sincérité, lui lança Iona, j'accepte le poste que vous m'avez offert.

— Enfin ! s'exclama-t-il. Quand voulez-vous emménager à White Gate ?

— Le plus rapidement possible. Dès que nous serons allés chercher mes affaires dans l'annexe du Yoxburgh Star et que vous m'aurez ramenée ici, je me mettrai à l'œuvre et vous verrez que je suis une vraie fée du logis.

— Lorsque le toit s'est effondré l'autre soir, tous mes vêtements ou presque ont été ensevelis sous des débris de plâtre, de tuiles et de bois, déclara Iona en enfouissant dans un vieux sac à dos les T-shirts qui jonchaient son matelas. Mais ce n'est pas grave, car je préfère voyager léger que de m'encombrer inutilement.

— Où avez-vous laissé le reste de votre garde-robe et vos objets personnels ? lui demanda Daniel. Chez votre mère ?

— Comment l'aurais-je pu ? Je ne sais même pas ce qu'elle fabrique en ce moment. Elle devait se rendre en Egypte pour son travail, puis quelque part en Amérique du Sud. Au Pérou, je crois.

— Elle ne vous a ni écrit ni passé le moindre coup de fil ces dernières semaines ?

— Non. Il y a des lustres qu'elle ne m'a pas donné de ses nouvelles.

— Et vous, avez-vous essayé de l'appeler ?

— A quoi bon ? Elle a horreur des téléphones portables et, quand elle est à l'autre bout du monde, il est impossible de la joindre.

— Où se trouve votre maison de famille ?

Ignorant la question, Iona attrapa un chandail aux couleurs défraîchies qui gisait sur le plancher et esquissa une grimace de dégoût.

— Pouah ! s'écria-t-elle, les narines pincées. Ce pull sent tellement le moisi que je ferais mieux de le jeter à la poubelle que de l'emporter à White Gate.

— Où se trouve votre maison de famille ? répéta patiemment Daniel.

— Nulle part, répondit-elle, laconique.

— Comment cela, *nulle part* ? Il y a bien un endroit, en Europe ou ailleurs, qui sert de point de chute à votre mère entre deux voyages.

— Non. Si cet endroit existait, je serais allée m'y réfugier après la mort de Brian Dawes au lieu de venir squatter l'annexe du Yoxburgh Star.

— Ce doit être très dur de n'avoir aucun foyer.

— Pas vraiment. Quand on a été habitué dès sa plus tendre enfance à vagabonder, on est partout chez soi.

Iona tira sur la cordelette qui fermait son sac à dos et quitta la chambre aux murs lépreux où elle avait passé la nuit.

— En route ! lança-t-elle par-dessus son épaule

avant de traverser la mezzanine et de dégringoler l'escalier. Je suis prête.

Puis, une fois arrivée au rez-de-chaussée, elle s'immobilisa en plein milieu du vestibule et se frappa le front.

— Ah, zut ! s'exclama-t-elle, la mine contrite. J'ai failli oublier Pebbles.

— Qui est-ce ? lui demanda Daniel en la rejoignant.

— La petite chatte de Brian. Elle aime bien grimper sur le toit – enfin, sur ce qu'il en reste – et faire des acrobaties le long de la gouttière.

— Vous l'avez gardée avec vous après la mort de son maître ?

— Oui. Et je ne peux pas l'abandonner aujourd'hui. Elle est vieille et, sans moi, elle se laisserait dépérir.

— Si je refusais de l'emmener à White Gate, comment réagiriez-vous ?

— Je ne bougerais pas d'ici, que cela plaise ou non aux nouveaux propriétaires de l'hôtel, et je vous conseillerais de trouver une autre gouvernante.

— C'est bien ce que je craignais, maugréa Daniel.

Puis, résigné, il leva les yeux vers la mezzanine et cria :

— Minou, minou !

— Inutile d'appeler Pebbles ! lui dit Iona. Elle est sourde.

Mais à peine avait-elle achevé sa phrase que la petite chatte déboula du premier étage en miaulant et vint se réfugier dans ses bras.

« Quelle idée j'ai eue d'offrir l'hospitalité à une tête de mule qui m'a empoisonné la vie pendant six semaines et qui va probablement continuer à me casser les pieds jusqu'à ce que ses problèmes soient résolus ! » se tança Daniel après avoir quitté l'annexe à la suite de la jeune femme et refermé la porte du hall avec un claquement sec.

Quand elle vit Daniel sortir du coffre de sa BMW les paquets de croquettes qu'il avait achetés en cours de route et les déposer à l'entrée du studio où elle allait habiter dorénavant, Iona faillit se pincer pour s'assurer qu'elle n'était pas en train de rêver.

— Une fois que je vous aurai aidée à faire votre lit, vous pourrez vous allonger et dormir un peu, lui dit-il. Vous avez l'air épuisée.

— Non, je ne suis pas si fatiguée que cela, le détrompa-t-elle. Et je n'ai pas besoin que vous me donniez un coup de main.

— Je sais que vous préféreriez vous débrouiller toute seule, mais, comme vous êtes mon hôte, il est normal que je m'occupe de vous et que je veille à ce que vous ne manquiez de rien.

— Je ne suis pas votre hôte, je suis votre *employée*, corrigea Iona. Dès que j'aurai pris une douche, j'irai préparer le dîner et…

— Pas question ! l'interrompit Daniel d'un ton autoritaire. Ce soir, vous allez vous reposer et me regarder jongler avec mes casseroles.

— Vu ce que m'a raconté Mme Barron, je ne suis pas certaine qu'il soit très prudent de vous laisser cuisiner. Que comptez-vous me servir ?

— Du poulet à l'estragon que m'a livré l'un des traiteurs de Yoxburgh et que je réchaufferai au micro-ondes.

— Ah ! vous me rassurez. J'ai cru que vous vouliez me concocter une horrible mixture qui m'aurait brûlé le palais et troué l'estomac.

Après avoir sorti des draps, une couverture et un édredon d'un placard, Daniel aida Iona à faire son lit et se retira discrètement.

— Descends de là, petite coquine ! ordonna la jeune femme à Pebbles, qui venait de sauter sur la couette et de se rouler en boule.

Mais, trop sourde pour entendre l'injonction – ou trop indocile pour se plier à une quelconque discipline –, la chatte miaula de plaisir et s'endormit.

La laissant seule dans la chambre, Iona se dirigea vers le cabinet de toilette puis, incapable de résister à la joyeuse invite que lui lançaient les flacons de shampooing et les tubes de gel alignés au-dessus de la vasque, elle se débarrassa de ses vêtements en un tour de main, grimpa dans le bac carrelé de faïence azurée qui occupait tout un angle de la pièce et ouvrit le robinet à fond.

Jamais douche ne lui avait paru aussi agréable. L'eau, ni trop chaude ni trop froide, ruisselait sur ses épaules et lui procurait une merveilleuse sensation de bien-être qui effaçait, comme par magie, les six semaines éprouvantes qu'elle avait passées entre les quatre murs galeux de son squat.

Après s'être lavée et rincée de la tête aux pieds, elle abaissa à regret la poignée du mitigeur et s'enveloppa dans une grande serviette-éponge qui embaumait la lavande et la marjolaine.

— Quelle splendeur, ce parc ! murmura-t-elle en sortant du cabinet de toilette et en allant faire coulisser la baie vitrée de son boudoir.

Des massifs de fleurs à l'exubérance insolente jaillissaient çà et là autour de la maison et composaient un vaste brasier qu'aucun paysagiste n'aurait eu le mauvais goût de discipliner.

Bercée par le roulement des vagues qui venaient se fracasser sur la falaise en contrebas et par le chant mélodieux d'un rouge-gorge, Iona s'assit dans un fauteuil en rotin, à l'ombre d'une petite pergola, et sentit une douce torpeur l'envahir.

Soudain, se mêlant au grondement ininterrompu de la mer et aux trilles de l'oiseau, une rafale de coups de sonnette et des éclats de voix la tirèrent de sa léthargie.

_ Avec qui Daniel peut-il bien se disputer ? marmonna-t-elle avant de tendre l'oreille et de se figer, le cœur bloqué.

— Tu as perdu la tête, ma parole ! s'écria Emily, au comble de la fureur. Nick et Georgie m'ont dit que tu avais engagé cette cinglée qui se croit l'héritière de Brian Dawes et que tu l'avais amenée à White Gate. Qu'est-ce qui t'a pris de lui proposer un emploi de gouvernante et de lui offrir l'hospitalité, espèce d'idiot ?

— Au lieu de te mettre en colère contre moi et de me traiter de tous les noms, tu devrais me remercier, grommela Daniel en refermant la porte du vestibule et en allant s'accouder à la balustrade de la terrasse.

— Te remercier ! répéta sa sœur d'un air exaspéré. De quoi ?

— D'avoir levé le dernier obstacle qui nous empêchait de restaurer le Yoxburgh Star. Maintenant que notre squatteuse a quitté les lieux avec armes et bagages, les travaux vont enfin pouvoir commencer.

— Tu es complètement fou d'avoir embauché cette fille. Harry t'avait dit de ne pas te laisser attendrir par elle, mais tu t'es bien gardé de suivre ses conseils. Te connaissant, je me doutais que tu n'en ferais qu'à ta tête. Lorsque tu étais petit, tu étais déjà plus obstiné qu'un troupeau de mules.

— Si tu avais vu l'état désastreux de l'annexe, tu aurais réagi de la même façon que moi. Iona est enceinte et le toit du bâtiment a failli lui tomber dessus dans la nuit de vendredi à samedi.

— Ça, ce n'est ni mon problème ni le tien. Personne ne l'a obligée à prendre des risques insensés et à mettre en péril la vie de son bébé. Quand on s'amuse à braver le danger, on doit être prêt à subir seul les conséquences de ses actes.

— Le jour où Harry a épousé Carmen et l'a ramenée en Angleterre, il ne s'est pas préoccupé de ce genre de choses, marmonna Daniel. Il n'a écouté que son cœur et s'est conduit comme…

— … un gogo, acheva Emily. Pourquoi les hommes sont-ils tous de grands naïfs ? Chaque fois qu'une future maman les appelle à l'aide, ils volent à son secours sans voir plus loin que le bout de leur nez et se laissent piéger.

— Contrairement à Carmen, Iona n'a rien d'une jeune écervelée. C'est une adulte intelligente et réfléchie qui a décidé de garder son enfant et de l'élever dans les meilleures conditions.

— Oh ! je ne doute pas qu'elle soit très intelligente. Si elle était stupide, elle n'aurait pas réussi à t'embobiner. Que faisait-elle avant de séduire le fils cadet de Brian Dawes et de venir à Yoxburgh ?

— Elle étudiait le droit à Maastricht.

— Quels diplômes a-t-elle décrochés ?

— Aucun, car elle a été obligée d'interrompre son cursus et de renoncer à ses rêves pour aller soigner sa mère à des milliers de kilomètres des Pays-Bas.

— Comme c'est touchant ! La piété filiale et le dévouement de cette pauvre petite m'émeuvent à un point dont tu n'as pas idée.

— Arrête de persifler, Em ! s'exclama Daniel, à bout de patience. Iona est une charmante jeune femme, pleine d'humour et d'énergie, qui n'a pas l'habitude de fuir ses responsabilités.

— Dis plutôt qu'elle a une calculatrice à la place du cœur et qu'elle sait s'en servir mieux que personne, riposta Emily d'un ton grinçant. Avant que Brian Dawes ne succombe à une crise cardiaque, elle a dû le harceler jusqu'à ce qu'il accepte de lui léguer la moitié de sa fortune.

— Non. Elle l'a aidé à tenir son hôtel sans réclamer quoi que ce soit en contrepartie.

— Quelle générosité ! Quelle abnégation !

— Si Ian et Jamie Dawes s'étaient occupés de leur père, elle n'aurait pas eu besoin de veiller sur lui et il n'aurait peut-être jamais pris la décision d'ajouter un codicille à son testament.

— Où est-il, ce fameux testament ?

— C'est ce que tout le monde aimerait bien savoir.

— En attendant qu'on le retrouve, ta Iona adorée empêche Ian Dawes de toucher son héritage et espère sans doute lui extorquer une grosse somme d'argent. Tu ne vois pas que cette fille est une hypocrite de la pire espèce et qu'elle mène les hommes par le bout du nez ?

— Admettons qu'elle soit manipulatrice et intéressée ! Qui pourrait la blâmer de vouloir assurer l'avenir de son enfant ? Quand elle a accepté d'épouser Harry, Carmen n'a songé qu'au bonheur de son bébé et elle a eu raison de se marier puisque la petite Kizzy est en sécurité aujourd'hui.

— Si je n'avais pas été là lorsque Harry est rentré d'Irak après le décès de Carmen et si je ne l'avais pas aidé à pouponner, je me demande ce qui serait arrivé à la pauvre gamine.

— A quoi bon se poser la question ? L'essentiel est qu'elle ait survécu à ce drame et que vous vous soyez attachées l'une à l'autre.

— Il est vrai que je tiens à Kizzy comme à la prunelle de mes yeux et que j'adore m'occuper d'elle, mais Harry, lui, n'est pas sorti indemne de toute cette histoire. Il s'en veut d'avoir incité Carmen à s'expatrier et se sent coupable de sa mort.

— Il ne devrait pas se faire le moindre reproche. Carmen a été renversée par un automobiliste distrait et aucun des médecins de l'hôpital n'a pu la sauver. Moi, en revanche, je n'aurais pas eu d'excuses si j'avais laissé Iona passer une nuit de plus dans l'annexe du Yoxburgh Star et que le plafond de sa chambre lui était tombé dessus. Nick et Harry auraient également été accusés de non-assistance à personne en danger. En persuadant Iona de venir à White Gate, j'ai donc rendu un fier service à ton mari et j'aimerais bien que tu le reconnaisses au lieu de ne regarder que le mauvais côté des choses.

— Le problème, Dan, c'est que tu vas certainement t'enticher de cette fille et que tu auras le cœur brisé le jour où elle te plaquera. Quand Kate a rompu vos fiançailles, tu as souffert le martyre et je ne voudrais pas que cela recommence.

— Laisse Kate là où elle est ! jeta Daniel, les mâchoires contractées. Il n'y a aucun rapport entre Iona et elle.

— Hormis le fait qu'elles ont réussi à te tourner la tête, toutes les deux. Tu manques tellement de perspicacité qu'il est facile d'abuser de ta gentillesse et de te mener en bateau. Lorsque cette sainte nitouche de Iona Lockwood t'intentera un procès pour harcèlement sexuel ou pour kidnapping, tu regretteras de ne pas m'avoir écoutée, mais il sera trop tard. Vu ses talents d'actrice, elle n'aura pas de mal à convaincre les magistrats que tu l'as entraînée de force à White Gate dans le seul but de la séduire et ils t'obligeront à lui verser des dommages-intérêts.

— Tu es ridicule, ma pauvre Em. Iona est enceinte d'un autre homme et je ne risque pas d'en tomber amoureux. Si je lui ai proposé d'être ma gouvernante, ce n'est pas parce qu'elle me plaisait et que je rêvais de l'attirer dans mon lit, c'est parce que je voulais l'éloigner du Yoxburgh Star et protéger sa fille. Toi qui adores les bébés, tu devrais me féliciter de lui avoir ouvert ma porte.

— Ne compte pas là-dessus, Dan ! Je ne suis pas naïve au point de croire que toutes les futures mamans sont des anges de douceur et de pureté. Qui te dit que ta merveilleuse Iona n'a pas couché avec l'un des grooms de l'hôtel et que son enfant est bien celui de Jamie Dawes ?

— Mon intuition.

— Tu parles d'une réponse ! Tu n'as jamais eu le moindre discernement et cela m'étonnerait que tu aies fait des progrès dans ce domaine.

— Qu'en sais-tu ? Nous ne nous sommes pas vus très souvent ces dix dernières années et j'ai peut-être changé sans que tu t'en aperçoives.

— Moi, je suis restée la même qu'autrefois.

— Oh, que non ! Tu es devenue tellement amère et tellement cynique que j'ai du mal à te reconnaître. Depuis quand te permets-tu de juger les gens avant de les avoir rencontrés ?

— Depuis que Pete s'est enfui parce qu'il ne voulait pas tenir son rôle de papa. Dès que ta petite protégée sera arrivée à ses fins, elle te laissera tomber et tu comprendras ce que j'ai éprouvé le jour où j'ai été abandonnée.

— Au lieu de prêter les pires arrière-pensées à Iona, tu devrais te demander quelle aurait été ta réaction si tu avais été contrainte d'aller habiter chez un étranger après le départ de Pete. Lorsque cet égoïste t'a quittée, papa et maman t'ont accueillie à la maison et se sont occupés de toi pendant toute ta grossesse. Iona, elle, n'a personne sur qui compter. Elle est seule à Yoxburgh et elle a besoin d'aide.

— D'accord, d'accord, lança Emily avec un soupir de résignation. Comme cela te plaît de jouer les preux chevaliers, je n'essaierai pas de t'en dissuader. J'espère juste que ta gouvernante bien-aimée ne va pas te trucider au cours de la nuit et que tu seras vivant quand je viendrai sonner à ta porte demain matin.

Renonçant à convaincre sa sœur qu'elle avait tort de s'inquiéter, Daniel la raccompagna jusqu'au parking où elle avait garé son vieux 4x4 et retourna s'accouder à la balustrade de sa terrasse.

— Heureusement que Iona est en sécurité à White Gate ! murmura-t-il à la vue des gros nuages fuligineux que le vent s'amusait à ballotter au-dessus de la mer. Dès qu'elle sera réveillée, je lui servirai une tasse de thé et je préparerai le dîner.

« Je savais que c'était trop beau pour être vrai », se dit Iona, le cœur au bord des lèvres.

Non content de lui avoir caché qu'il était l'un des nouveaux propriétaires du Yoxburgh Star, Daniel lui avait offert un emploi de gouvernante dans l'unique but de récupérer l'annexe et de rentabiliser au plus vite les capitaux qu'il avait investis.

— Comment cette Emily Kavenagh qui ne me connaît même pas a-t-elle osé me traiter d'hypocrite ? s'indigna-t-elle à voix haute. L'hypocrite, ce n'est pas moi, c'est son frère. Il m'a menti sans le moindre scrupule et a trahi ma confiance, mais, s'il s'imagine que je vais rester à White Gate et passer mes journées à épousseter ses meubles, il se fait des illusions !

Prise d'une soudaine frénésie, Iona se rhabilla à toute vitesse, puis glissa au fond de son sac à dos les paquets de croquettes que Daniel avait achetés et serra Pebbles sur son cœur.

— Viens, ma jolie, lui dit-elle en sortant du studio à pas de loup et en se précipitant vers les grilles du parc. Nous allons retourner chez nous.

De peur que Daniel ne l'aperçoive, elle rasa le mur d'enceinte de White Gate, la tête baissée, et descendit Lowestoft Road à longues foulées. Une fois arrivée en haut de Victoria Street, elle se faufila entre deux fourgons aux vitres teintées que des coursiers avaient garés au pied du Yoxburgh Star, jeta un œil en direction de l'annexe… et sentit une sueur froide l'inonder.

A cinquante mètres d'elle, indifférent au désespoir qui la submergeait, un ouvrier vêtu d'une salopette bleu marine était en train de condamner la porte du squat à l'aide de grosses planches clouées en croix.

— Je n'ai plus rien, se lamenta Iona, la gorge douloureuse. Plus de travail, plus d'endroit où passer la nuit et plus une seule arme contre Ian Dawes.

Au même instant, comme si le ciel voulait la punir d'avoir quitté White Gate, le vent se mit à souffler en bourrasques et les gros nuages teintés d'encre qui s'étaient amoncelés à l'horizon vinrent se liquéfier au-dessus des toits de Yoxburgh.

4.

« Qu'est-ce qu'elle fabrique ? » se demanda Daniel en consultant sa montre pour la énième fois de la soirée.

Cela faisait exactement quatre heures, vingt minutes et trente-trois secondes qu'il avait laissé Iona seule avec Pebbles et il était étrange qu'elle dorme encore. D'autant plus étrange qu'un violent orage avait éclaté à la fin de l'après-midi et que les coups de tonnerre auraient dû la réveiller.

Persuadé qu'elle s'impatientait de l'autre côté de la cloison, mais qu'elle n'osait pas venir le déranger, il entra dans l'appartement de la jeune femme sans frapper et s'immobilisa au milieu du boudoir, les yeux arrondis de stupéfaction. La baie coulissante qui donnait sur la mer était grande ouverte et les trombes d'eau que le vent propulsait à l'intérieur du salon inondaient le parquet.

En proie à une sourde inquiétude, Daniel

poussa une à une toutes les portes du studio puis, voyant que les pièces étaient vides et que le sac à dos de Iona avait disparu, il s'élança hors de la maison.

— Où peut-elle bien être ? grommela-t-il avant de se couler derrière le volant de sa BMW et de démarrer, pied au plancher.

Si elle était assise à l'ombre de la pergola quand il s'était querellé avec Emily, elle avait dû suivre la conversation à distance et s'imaginer qu'il l'avait amenée chez lui pour la piéger alors qu'il n'avait eu qu'une idée en tête dès leur première rencontre : la sauver.

Après avoir sillonné les rues du centre-ville et cherché en vain la jeune femme des yeux, il se gara à proximité du Yoxburgh Star en espérant qu'elle viendrait tôt ou tard se réfugier dans son ancien squat et qu'il arriverait à la convaincre de rentrer à White Gate. Mais, quand il aperçut les deux grosses planches mal équarries que quelqu'un avait clouées sur la porte de l'annexe, il sentit la panique le gagner.

D'une main fébrile, il extirpa son petit téléphone cellulaire de la poche intérieure de son blouson et composa le numéro d'Emily.

— Iona a disparu, jeta-t-il dans le micro en guise de préambule. Elle a dû entendre toutes les horreurs que tu m'as dites à son sujet et s'enfuir de sa chambre pendant que nous nous disputions.

— Impossible, voyons ! se récria sa sœur. Il fait un temps à ne pas mettre un chien dehors. A moins d'avoir perdu la raison, personne n'aurait l'idée de descendre sur la plage en pleine tempête.

— Iona n'est ni sur la plage ni en ville. J'ai traversé le centre de Yoxburgh il y a cinq minutes et je ne l'ai aperçue nulle part.

— Où es-tu actuellement ?

— A deux pas de l'hôtel.

— Peut-être Iona a-t-elle regagné son squat. Es-tu monté fouiller le premier étage de l'annexe ?

— Non, car cela n'aurait servi à rien. Quelqu'un a condamné la porte du hall.

— C'est sans doute Nick qui a pris cette décision. Il a expliqué à Harry qu'il serait dangereux de laisser qui que ce soit pénétrer dans la dépendance après les pluies torrentielles de ces derniers jours et l'a prévenu qu'il allait en interdire l'accès au public.

— Pourquoi ne m'a-t-il pas demandé mon avis avant d'envoyer un ouvrier sur place ?

— Parce qu'il n'en a pas vu la nécessité, j'imagine. Quand il a su que tu avais réussi à convaincre Iona de devenir ta gouvernante, il n'a dû songer qu'à une chose : barricader l'entrée du vieux bâtiment pour éviter qu'un accident ne se produise.

— Puisque Iona n'a pas pu réintégrer son squat à cause de lui, il est possible qu'elle soit retournée à White Gate et qu'elle se soit cachée à proximité de la maison en attendant la fin de l'orage.

— Veux-tu que je confie les enfants à Harry et que je fonce chez toi ?

— Oui. Dès que tu auras fouillé le parc, remonte Lowestoft Road jusqu'au belvédère et n'oublie pas de me passer un coup de fil.

— D'accord, mais il faudrait que tu me dises à quoi ressemble Iona.

— Comme je ne crois pas qu'il y ait des dizaines de jeunes femmes enceintes accompagnées d'une petite chatte de gouttière qui se baladent sous la pluie en ce moment, il est inutile que je te la décrive en détail.

— Quels vêtements porte-t-elle ?

— Un jean délavé et une vieille parka rouge cerise dont la capuche a été rapiécée.

— J'espère qu'elle a réussi à se protéger des bourrasques et qu'on va vite la retrouver.

— A ta place, Em, je prierais le ciel qu'il ne

lui soit rien arrivé car, si elle a eu un accident par ta faute, je t'étranglerai de mes propres mains.

Après avoir pris congé de sa sœur sans s'embarrasser de politesses, Daniel composa le numéro des Barron et plaqua hargneusement le récepteur sur son oreille.

— Saute dans ton 4x4, Nick, jeta-t-il d'un ton péremptoire à son associé. Iona a disparu et, comme tu as eu la mauvaise idée de barricader l'annexe, elle doit être en train d'errer dans les rues de la ville. Alors, pars vite à sa recherche ou tu auras de mes nouvelles !

Recroquevillée sous un porche, là où elle s'était réfugiée la veille au soir pour tenter d'échapper au vigile du Yoxburgh Star, Iona regarda les voitures dévaler Maple Lane entre deux gerbes d'eau et se demanda avec un regain d'anxiété où elle allait pouvoir passer la nuit. En dehors de Daniel et de John Rafferty, elle ne connaissait personne dans la région et ni l'un ni l'autre n'était son ami, bien au contraire !

— N'aie pas peur, ma mignonne, dit-elle à Pebbles, qui se mettait à trembler chaque fois qu'un éclair embrasait le ciel ou qu'un automobiliste les éclaboussait. Nous sommes à l'abri ici et cet hypocrite de Daniel ne risque pas de venir nous faire du mal.

Mais à peine avait-elle prononcé le dernier mot qu'elle le vit surgir de Victoria Street au volant de sa BMW et s'arrêter au milieu de la chaussée.

— Qu'est-ce qui vous a pris de quitter White Gate sans m'avertir ? hurla-t-il après avoir bondi de son siège et traversé le trottoir d'une démarche belliqueuse. Quand je suis entré dans votre studio et que je ne vous ai trouvée nulle part, je me suis inquiété.

— Retournez chez vous et fichez-moi la paix ! s'écria Iona en claquant des dents. Vous n'êtes qu'un sale menteur et je vous déteste.

— Est-ce parce que vous avez entendu ce qu'a dit ma sœur que vous m'en voulez ?

— Oui. J'étais en train de me reposer sous la pergola lorsqu'elle est arrivée et, comme elle parlait assez fort, je n'ai pas pu m'empêcher d'écouter. A un moment donné, j'ai perdu le fil de la conversation à cause du bruit des vagues et du chant des oiseaux, mais je n'ai pas eu besoin de dresser l'oreille pour me rendre compte que vous étiez le roi des hypocrites.

— Au lieu de m'insulter, venez dans ma voiture et je vous expliquerai tout, je vous le promets. Si vous avez peur que je ne vous ramène à White Gate contre votre gré, vous n'aurez qu'à me confisquer mon trousseau de clés et vous serez tranquille.

— Je ne pense pas que vous ayez grand-chose à m'expliquer. Vous m'avez menti et j'ai eu la naïveté de vous croire. Point, à la ligne.

— Je ne vous ai pas menti. Je vous ai juste caché une partie de la vérité.

— Pas n'importe quelle partie : la seule qui m'intéressait et qui aurait pu me dissuader de quitter l'annexe du Yoxburgh…

Un coup de Klaxon suivi d'un crissement de pneus et d'une bordée d'injures abrégea la riposte.

— Allez-vous-en ! lança Iona. Vous voyez bien que vous gênez la circulation.

— Je ne m'en irai que si vous acceptez de venir boire un café ou un chocolat chaud avec moi. Il y a un snack-bar à l'autre bout de Maple Lane et nous y serons mieux qu'en plein vent.

— Puisque vous semblez l'ignorer, je vous signale que les animaux n'ont pas le droit d'entrer dans les lieux publics. Comme je refuse de laisser Pebbles seule sur le trottoir, il est donc hors de question que je vous accompagne. La pauvre a tellement peur de l'orage qu'elle risquerait de s'enfuir et de se faire écraser.

— Raison de plus pour ne pas l'obliger à rester ici jusqu'à la fin de la tempête. Dans ma voiture, elle sera moins en danger que sous ce porche.

Iona regarda Pebbles se pelotonner contre elle et soupira, vaincue.

— Je veux bien me mettre à l'abri et écouter ce que vous avez à me dire, maugréa-t-elle, mais vous avez intérêt à être bref, car je déteste les baratineurs.

De crainte qu'un automobiliste irascible ne vienne une fois encore l'invectiver et lui reprocher d'entraver la circulation, Daniel aida Iona à s'engouffrer dans sa BMW, puis se glissa derrière le volant et alla vite se garer le long de la buanderie du Yoxburgh Star, à côté du gros container en plastique jaune citron où ils avaient fait connaissance la veille au soir.

— Je vous présente toutes mes excuses, jeta-t-il à la jeune femme en lui tendant son trousseau de clés. Je n'aurais pas dû vous…

— Epargnez-moi vos beaux discours et tenez-vous-en à la stricte vérité, interrompit-elle froidement. Ce que je veux savoir, c'est ce que vous éprouvez maintenant que vous avez réussi à me chasser de l'annexe. Cela vous a amusé de m'offrir un emploi fictif et de m'emmener chez vous pendant que vos associés s'empressaient de condamner la porte du hall ?

— Le poste que je vous ai proposé n'a rien de fictif. Depuis que j'habite à White Gate, j'ai besoin d'une gouvernante et je serais ravi que vous m'aidiez à mettre un peu d'ordre dans mes placards.

— N'essayez pas de me faire croire que vous avez voulu m'engager pour cette seule et unique raison ! Comme vous étiez impatient de rénover l'hôtel et que ma présence vous obligeait à retarder le début des travaux, vous avez cherché un moyen efficace de me déloger et vous l'avez trouvé. Mais à aucun moment vous ne vous êtes préoccupé de l'avenir de mon bébé. Quand Ian Dawes apprendra que j'ai quitté mon squat grâce à vous, il vous remerciera de lui avoir ôté cette épine du pied et pourra spolier ma fille dans les meilleurs délais !

— Contrairement à ce que vous pensez, je ne suis pas l'ami de ce sale type et je n'ai pas l'intention de lui faciliter la tâche.

— Reste que vous m'avez menti et que j'ai tout perdu par votre faute. Vous avez été tellement gentil et tellement persuasif que je vous ai suivi sur un coup de tête alors que j'aurais dû réfléchir à deux fois avant de vous accorder ma confiance. D'habitude, je suis moins bête et moins naïve que cela.

Les doigts bleuis par le froid, Iona caressa le pelage humide de Pebbles et réprima un frisson.

— Dès que vous serez rentré à White Gate, j'irai arracher les planches que vos associés ont fait clouer sur la porte de l'annexe, lança-t-elle à Daniel, et je monterai dormir dans la chambre.

— Non, ce serait trop dangereux, riposta-t-il en désignant de l'index la charpente à demi effondrée de la vieille bâtisse. Regardez ces tuiles qui vacillent le long de la gouttière et ces murs fissurés qui menacent de s'écrouler ! Si vous retournez là-bas et que vous vous obstinez à y passer la nuit, vous n'en ressortirez pas vivante.

— Mais, si je n'ose pas y remettre les pieds, j'aurai l'air de capituler.

— Eh bien, tant pis ! Il y a des moments où il faut savoir battre en retraite, quitte à perdre un peu de sa dignité.

Iona fixa le morceau de laine de verre que le vent venait de dérober au toit de son ancien squat, puis baissa tristement la tête et essuya du plat de la main ses yeux embués de larmes.

— Ne pleurez pas, je vous en prie, lui dit Daniel juste avant que la sonnerie stridente de son téléphone ne lui vrille les tympans. Allô ! jeta-t-il après avoir extirpé le petit récepteur de sa poche. Qui est à l'appareil ?

— Emily, lâcha sa sœur d'une voix brève. Il y a du nouveau ?

— Oui. J'ai retrouvé Iona à l'angle de Victoria Street et de Maple Lane et je l'ai emmenée sur le parking du Yoxburgh Star.

— Comment va-t-elle ?

— Pas trop mal, vu les circonstances, mais ce n'est pas parce qu'elle est hors de danger que tu dois cesser de culpabiliser. A cause de toi, elle aurait pu passer la nuit dans la rue et attraper une pneumonie.

— N'en rajoute pas, s'il te plaît. Je sais que j'ai été injuste envers elle et je suis désolée de l'avoir blessée. J'ai cru qu'elle était une copie conforme de Carmen et qu'elle allait te piéger. Vous, les hommes, vous êtes tellement naïfs qu'il faut bien vous mettre un peu de plomb dans la cervelle pour vous épargner des désillusions.

— Il est inutile que tu joues les petites sœurs

protectrices, Em. Je suis capable de faire mes propres choix et je n'ai pas besoin de tes conseils.

— Veux-tu que je parle à Iona et que je lui présente mes excuses ?

— Non, merci. Je préfère que tu la laisses tranquille.

— Dis-lui que je regrette de l'avoir insultée et que j'essaierai de me racheter dès que j'en aurai l'occasion. Quand pourrai-je te rappeler ?

— Demain. Comme j'ai un plan à terminer, je resterai à la maison toute la matinée.

— Entendu. Je te donnerai un coup de fil juste avant midi.

Daniel salua Emily d'un bref « au revoir », puis posa son portable sur le tableau de bord de sa BMW et se tourna vers Iona.

— Il faudrait que je téléphone à Nick Barron, déclara-t-il, car il doit être en train de vous chercher à l'autre bout de la ville.

— Pourquoi tient-il autant à me retrouver ? Parce qu'il croit que je vais l'accuser de m'avoir jetée à la rue et qu'il espère me convaincre de ne pas lui réclamer des dommages-intérêts ?

— Non. Parce qu'il se sent responsable de ce qui vous est arrivé aujourd'hui et qu'il s'inquiète à votre sujet. Nick, Harry et moi ne sommes pas vos ennemis, Iona. Nous savons ce qui vous a amenée à squatter l'annexe de l'hôtel et nous voulons vous aider.

— A d'autres ! Si vous étiez de mon côté, vous n'auriez pas laissé votre sœur me traiter ainsi. Comment a-t-elle pu avoir le toupet de m'insulter alors qu'elle ne m'a jamais rencontrée ?

— Je reconnais qu'elle y est allée un peu fort et qu'elle n'aurait pas dû vous…

— Un peu seulement ? Vous plaisantez ! A l'écouter vociférer, on aurait cru que j'étais un monstre de cupidité et que je n'avais qu'une hâte : vous mettre le grappin dessus.

— Ce qui est faux ?

— Archifaux. Vous n'êtes pas mon genre et, quand bien même vous le seriez, il ne me viendrait pas à l'idée de vous faire les yeux doux ni de m'en prendre à votre argent.

Blême de colère, Iona ouvrit la portière de la BMW et sauta à bas de son siège.

— Maintenant que je vous ai donné mon point de vue, lança-t-elle d'un ton corrosif à Daniel, il ne me reste plus qu'à vous dire adieu et à espérer que la pluie va enfin cesser de…

Mais, avant qu'elle n'ait eu le temps de terminer sa phrase, un éclair déchira de part en part le velours sombre du ciel et épouvanta Pebbles.

— Comme je ne veux pas que cette pauvre

bête passe la nuit à miauler de terreur, maugréa Iona en se rasseyant dans la voiture, sa fierté en lambeaux, j'accepte de retourner à White Gate avec vous, à condition que vous laissiez les grilles entrebâillées et que vous n'essayiez pas de me retenir si je décide de m'en aller demain matin.

— Marché conclu ! s'exclama Daniel, trop heureux de pouvoir la ramener chez lui pour émettre la moindre objection.

Après avoir troqué ses vêtements humides contre un T-shirt et un pantalon de jogging, Iona se carra dans l'une des bergères habillées de cotonnade indigo qui meublaient son boudoir et prit Pebbles sur ses genoux.

— Depuis quand vos associés et vous êtes-vous propriétaires de l'hôtel ? demanda-t-elle à Daniel.

— Depuis la veille du décès de Brian Dawes, l'informa-t-il en s'adossant à la baie vitrée. Nous lui avions dit qu'il pourrait rester au Yoxburgh Star pendant quelques semaines à partir de la date de la transaction, ce qui lui aurait laissé le temps de rembourser ses créanciers et de trouver un nouveau logement. Mais, comme il devait sentir sa fin proche, il a préféré accélérer les choses et encaisser immédiatement les trois quarts de la somme que nous nous étions engagés à lui verser plutôt que de patienter jusqu'au début de l'été et de toucher un faible acompte.

— Si vous lui avez donné cet argent avant sa mort, qu'en a-t-il fait ?

— Nous ne le lui avons pas remis en mains propres. C'est à l'ordre de son notaire que nous avons libellé notre chèque et le montant a été consigné au greffe du tribunal des tutelles et des successions. Le ou les héritiers de M. Dawes n'auront le droit d'en disposer que lorsque le testament du défunt aura été retrouvé.

— Quand étiez-vous censés payer le reliquat ?

— Dès que l'hôtel serait vacant et que nous pourrions commencer à le réhabiliter.

— Tout est donc en suspens à cause de moi ?

— Oui. En squattant l'annexe, vous avez obligé les magistrats chargés du dossier à interrompre la procédure et vous m'avez empêché de respecter mon planning.

— D'où les trésors d'ingéniosité que vous avez déployés pour me convaincre de quitter les lieux ?

— Ce n'est pas par intérêt que je suis allé vous voir ce matin et que je vous ai offert un emploi, mais par nécessité. Bien que vous ayez du mal à le croire, j'ai réellement besoin d'une gouvernante et je me suis dit que vous seriez la candidate idéale. La nuit dernière, lorsque le tonnerre s'est mis à gronder, je me suis réveillé en sursaut et j'ai eu tellement peur que le plafond de votre chambre ne vous tombe dessus pendant votre sommeil que je n'ai pas réussi à me rendormir. Plutôt que de me recoucher et de patienter jusqu'à la fin de l'orage, j'ai préféré téléphoner à mes associés et leur demander de venir me retrouver à White Gate.

— Qu'avez-vous décidé tous ensemble ?

— De vous aider à faire valoir vos droits. Si vous aviez été en sécurité dans l'annexe, je vous aurais laissée y vivre et je vous aurais emmenée consulter les juristes que Nick, Harry et moi avons engagés.

— A quoi cela m'aurait-il servi d'aller les voir ?

— A découvrir les subtilités de la législation et à élaborer un plan d'attaque contre cet égoïste de Ian Dawes qui n'a jamais pris la peine de rendre visite à son père ces cinq dernières années.

— Brian vous a parlé de lui ?

— Brièvement, oui. La seule fois que j'ai eu le plaisir de le rencontrer, il m'a dit qu'il lui arrivait de se sentir abandonné et qu'il aurait aimé être mieux entouré. J'ignorais à ce moment-là qu'il avait eu un autre fils et que ce fils était décédé.

— Après la mort de Brian, quelqu'un vous a-t-il informé des relations que j'avais entretenues avec Jamie Dawes ?

— Bien sûr que non ! Ian a prétendu que vous étiez une simple employée du Yoxburgh Star et que vous vous étiez mis en tête de lui voler une partie de son héritage. Comme Nick, Harry et moi avions hâte de vous voir décamper, il nous a suggéré de vous priver d'électricité.

— Et vous avez suivi ses conseils ?

— Hélas ! s'exclama Daniel en s'approchant d'un fauteuil, l'air confus, et en s'y laissant tomber. Lorsque je me suis rendu compte que cela ne vous dérangeait pas de passer vos soirées dans l'obscurité et que vous aviez la ferme intention de squatter l'annexe jusqu'à ce que vous ayez obtenu gain de cause, j'ai téléphoné aux juristes dont je viens de vous parler et je leur ai demandé de trouver un moyen légal de vous déloger.

— Pourquoi avez-vous préféré m'offrir un emploi

plutôt que d'entamer une procédure d'expulsion ? interrogea Iona, sa curiosité en éveil.

— Parce que j'ai découvert que vous étiez enceinte et que cela m'a rappelé l'époque où ma sœur avait été abandonnée par Pete, le père de ma nièce et de mon neveu. Si nos parents ne s'étaient pas occupés d'elle tout au long de sa grossesse et ne l'avaient pas aidée financièrement, Dieu sait ce qui lui serait arrivé.

— Ce Pete dont elle avait eu la sottise de tomber amoureuse a-t-il cherché à la revoir ?

— Même pas ! Il s'est enfui de leur appartement pendant qu'elle faisait des courses au supermarché et il n'a jamais essayé par la suite d'entrer en contact avec Beth et Freddie, leurs enfants. Avant de se sauver comme un lâche, il avait « oublié » de payer le loyer et avait demandé à son banquier de bloquer le compte qu'il avait ouvert au nom d'Emily.

— Quel goujat, ce type !

— C'est ce que je me suis dit le jour où j'ai appris qu'il s'était évanoui dans la nature. Et, quand vous m'avez confié hier que Jamie Dawes avait préféré retourner en Thaïlande plutôt que de partager votre vie, j'ai eu une désagréable impression de déjà-vu.

— Au lieu de me proposer un emploi et de

m'offrir l'hospitalité, vous auriez pu vous contenter de me donner de l'argent.

— Non, car je savais que vous étiez trop fière pour accepter qu'on vous fasse la charité. Alors, j'ai cherché une meilleure solution et je l'ai trouvée ce matin, pendant l'orage. Puisque vous avez besoin d'un nouveau logement et que j'en ai assez d'habiter seul dans cette grande maison, nous n'avons qu'à nous entraider et aucun de nous ne se sentira humilié ou floué. Si vous décidez de rester à White Gate, Drew Stephenson, l'un de mes conseillers juridiques, ne demandera pas mieux que de défendre vos intérêts.

— A condition que je lui fournisse des preuves de ma bonne foi. Et ces preuves, je ne serai en mesure de les lui apporter que quand j'aurai accouché.

— Etes-vous certaine que votre enfant est bien la fille de Jamie Dawes ?

— Naturellement ! s'écria Iona, offensée. Il n'y a eu personne d'autre que Jamie dans ma vie ces dernières années et je ne vous permets pas d'en douter.

— Ce n'est pas moi qu'il faudra convaincre de votre sincérité, ce sont les magistrats qui s'occupent du dossier et qui vont devoir se prononcer en faveur de Ian ou de vous.

— Si ce rapace touche son héritage avant la naissance du bébé, je ne pourrai plus rien faire contre lui et je…

— Il ne le touchera pas, tranquillisez-vous. Pour éviter que les fonds ne soient débloqués prématurément, vous n'aurez qu'à demander à Drew Stephenson de déposer une plainte en votre nom au tribunal des tutelles et des successions. Nick et Harry ont rendez-vous avec lui demain et seront ravis de vous le présenter.

Iona réfléchit une seconde, le front plissé, puis tourna la tête vers Daniel et le gratifia d'un sourire.

— Pardon de vous avoir mal jugé, lâcha-t-elle. Au lieu de vous accuser des pires turpitudes, j'aurais dû vous accorder le bénéfice du doute.

— Merci de votre magnanimité, mademoiselle Lockwood, se moqua-t-il gentiment. Est-ce à dire que vous acceptez de rester à White Gate ?

— Oui. Mais, comme je ne tiens pas à ce que les habitants du quartier me prennent pour votre maîtresse, j'aimerais que nous signions un contrat de travail, vous et moi. Un vrai contrat en double exemplaire auquel nous pourrons nous référer en cas de litige.

— Pas de problème ! Au lieu de terminer le plan dont j'ai parlé à Emily, je vous accompagnerai chez Drew Stephenson demain matin et je lui demanderai de rédiger le document.

5.

Lorsque Daniel descendit de sa chambre le lendemain matin, Iona se promenait dans le parc et regardait le soleil naissant teinter de rose pâle les eaux assoupies de la mer du Nord.

— Bonjour, lui dit-il en la rejoignant sous l'épaisse ramure d'un marronnier. Vous avez bien dormi ?

— Très bien, je vous remercie. J'étais tellement fatiguée hier que je n'ai pas eu besoin de compter les moutons pour trouver le sommeil.

— La soirée a été épuisante, n'est-ce pas ?

— Plus encore que vous ne l'imaginez. Quand je suis arrivée devant l'annexe de l'hôtel et que j'ai aperçu les grosses planches qui barraient l'entrée, j'ai eu l'impression que le monde s'écroulait autour de moi.

— Je comprends ce que vous avez éprouvé et je vous présente de nouveau mes humbles excuses.

Un mince sourire effleura les lèvres pulpeuses de Iona.

— Votre parc est-il entièrement clos ? demanda-t-elle sans transition à Daniel.

— Oui, acquiesça-t-il. Le mur d'enceinte n'est percé qu'à deux endroits : en face du garage et au fond du jardin, là où la falaise surplombe la plage de Yoxburgh.

— Si j'autorise Pebbles à sortir de la maison, elle ne risque donc pas de s'échapper ?

— A moins que les grilles ou que le portillon ne soient ouverts, je ne vois pas comment elle le pourrait.

— Dans ce cas, je vais aller la chercher et la laisser se dégourdir les pattes. Après la douche forcée qu'elle a prise hier soir, cela lui fera du bien de se promener au soleil et d'observer les oiseaux. Quand Brian était encore de ce monde, elle adorait grimper sur le toit de la buanderie et écouter chanter les rouges-gorges qui peuplaient les vieux sycomores de Victoria Street. Si elle avait été assez agile pour les attraper, les pauvres auraient été terrorisés, mais elle était déjà percluse de rhumatismes à l'époque et se contentait de les narguer.

Pendant que Daniel suivait des yeux un gros nuage iridescent qui vagabondait au-dessus des flots, Iona retourna dans son appartement et en ressortit au bout de quelques minutes, talonnée par Pebbles. L'air apeuré, la petite chatte s'enfonça à pas de velours sous les frondaisons du parc, puis s'immobilisa devant le rempart de verdure qu'érigeait une charmille au bord de l'allée et, prête à s'enfuir au moindre danger, regarda un couple de pinsons voleter gaiement de rameau en rameau.

— A quelle heure vos associés ont-ils rendez-vous avec M. Stephenson ? demanda Iona à Daniel.

— A 10 heures, répondit-il en l'entraînant vers la cuisine. Comme le jour vient à peine de se lever, vous aurez largement le temps de déjeuner et de vous habiller. Qu'aimeriez-vous que je vous offre ? Une tasse de thé à la bergamote, un bol de chocolat ou un café crème ?

— Une tasse de thé, mais ce n'est pas à vous de faire le service, c'est à moi.

— Etant donné que vous n'avez pas encore signé votre contrat d'embauche, vous êtes mon invitée et il serait impoli de ma part de vous laisser travailler.

— Voulez-vous que je vous aide à mettre la table et à beurrer les toasts ?

— Non, allez plutôt vous préparer. Je me débrouillerai très bien tout seul.

Iona resserra autour de sa taille les pans du peignoir qu'elle avait trouvé dans l'un des placards de son cabinet de toilette et s'adossa au réfrigérateur, le front barré d'un pli soucieux.

— Que se passe-t-il ? s'inquiéta Daniel. Vous avez un problème ?

— Oui, un gros problème, confirma-t-elle avec un petit hochement de tête accablé. En dehors du vieux jean effrangé et du chandail mité que je portais hier soir, mes vêtements sentent le moisi et je ne sais pas ce que votre conseiller juridique pensera de moi quand il me verra entrer dans son bureau.

— S'il n'y a que cela qui vous tracasse, je vais appeler Emily et lui demander de vous prêter l'une de ses…

— Non, ne la dérangez pas, je vous en prie. J'aime encore mieux avoir l'air d'une clocharde que de lui réclamer le moindre service.

— Il ne nous reste donc qu'une solution.

— Laquelle ?

— Renouveler votre garde-robe. Nous n'aurons pas le temps d'aller courir les magasins avant 10 heures, mais, dès que nous aurons quitté le cabinet de Drew Stephenson, nous irons faire des emplettes au centre-ville.

— Et, lorsque votre sœur l'apprendra, elle m'accusera une fois de plus d'en vouloir à votre argent.

— Après ce que je lui ai dit au téléphone hier soir, elle ne se permettra aucune remarque déplacée, rassurez-vous.

— Si nous la croisons dans l'une des boutiques de High Street et qu'elle s'étonne de vous voir m'acheter des vêtements, que lui répondrez-vous ?

— Que vous aviez besoin d'un uniforme de gouvernante et que les clauses de notre contrat m'obligeaient à vous le payer.

Iona fronça les sourcils.

— Vous n'avez pas l'intention de me déguiser en soubrette, j'espère ? lança-t-elle d'un ton suspicieux.

— Non, riposta Daniel, amusé. Ce n'est ni une petite robe noire ni un tablier à volants que je vais vous offrir, ce sont des jupes et des chemisiers dignes d'une maîtresse de maison accomplie. Quand je recevrai des amis à White Gate, vous m'aiderez à les accueillir et il faudra que vous soyez très élégante.

— Puisque je ne pourrai pas me cacher dans la

cuisine chaque fois que vous aurez des invités, je veux bien que vous m'aidiez à choisir de nouvelles tenues et que vous régliez la note, mais je vous rembourserai dès que vous m'aurez versé mon premier salaire.

— Certainement pas ! Vos jeans et vos T-shirts sentent le moisi parce que le toit de l'annexe s'est effondré et que vous n'avez pas réussi à les faire sécher. Comme j'aurais dû prendre des mesures de sécurité pour éviter que cette vieille bâtisse ne se délabre, il est normal que je vous achète des vêtements neufs à titre de compensation.

Touchée par la délicatesse de Daniel, Iona le remercia d'un sourire et alla s'habiller dans sa chambre, le cœur léger.

— Bonjour, mademoiselle Lockwood, lança Harry lorsque la jeune femme pénétra dans le bureau de Drew Stephenson à 10 heures. Je m'appelle Harry Kavenagh et je suis l'un des copropriétaires du Yoxburgh Star.

— Je sais qui vous êtes, répondit-elle en lui serrant la main. J'ai vu vos reportages à la télé et je les ai trouvés passionnants.

— Merci. Emily m'a chargé de vous présenter ses excuses et de…

— Ah ! je vous reconnais, coupa Nick après avoir dévisagé Iona du coin de l'œil. La dernière fois que j'ai rendu visite à Brian Dawes, vous travailliez à la réception.

— Et un peu partout ailleurs dans l'hôtel, compléta-t-elle malicieusement. Il m'est même arrivé de remplacer les grooms et les garçons d'étage.

Puis, pressée de demander conseil à Drew Stephenson, elle s'assit dans le fauteuil à haut dossier qu'il lui désignait et lui expliqua sa situation en quelques phrases.

— Comment s'appelait le notaire de M. Dawes, mademoiselle Lockwood ? s'informa le juriste après avoir dévissé le capuchon en or de son stylo et noirci à grands traits de plume la première page d'un calepin.

— Barry Edwards. C'est lui qui s'est occupé de la vente du Yoxburgh Star, mais j'ignore où se trouve son étude.

— J'ai déjà eu l'occasion de collaborer avec Me Edwards et j'ai dîné en sa compagnie au mois de mai. S'il avait aidé Brian Dawes à rédiger son testament et que l'acte avait été entériné, il me l'aurait dit, car il sait que les nouveaux propriétaires de l'hôtel sont mes clients et qu'ils ont hâte de faire démolir l'annexe.

— Ils ont raison de vouloir la raser dès que possible. Le bâtiment est en ruine et je suis contente de ne plus y habiter.

— Encore une chance que Dan ait réussi à vous convaincre de le suivre à White Gate, Iona ! s'écria Nick. Je suis allé sur place il y a une heure et j'ai vu que votre matelas avait été enseveli sous des mètres cubes de gravats pendant la nuit.

— Oh, mon Dieu ! murmura-t-elle, les lèvres exsangues. Je l'ai échappé belle.

— Pourriez-vous me laisser seul avec Mlle Lockwood, messieurs ? jeta Drew Stephenson à Daniel, à Nick et à Harry. J'ai des questions personnelles à lui poser et votre présence risquerait de la perturber.

— Quand elle vous aura donné toutes les réponses que vous désirez, n'oubliez pas de rédiger en bonne et due forme le contrat de travail dont je vous ai parlé ce matin au téléphone, lança Daniel au juriste.

— Je vous le ferai lire dès qu'il sera prêt, lui promit ce dernier.

— Où allons-nous nous retrouver ? glissa Iona à Daniel.

— Au Yoxburgh Star, dans l'ancien bureau de Brian Dawes, répliqua-t-il. Je demanderai à

John Rafferty de ne pas jouer les cerbères, pour une fois.

— Cette fille est charmante, déclara Harry en traversant le parking de l'hôtel dix minutes plus tard. Elle est jolie, intelligente, cultivée et ne ressemble en rien à la petite arriviste mal éduquée que je m'attendais à rencontrer.

— Cela t'apprendra à écouter les élucubrations de ma sœur, ironisa Daniel. Tu sais ce qu'Emily a osé me dire quand elle est venue me voir hier après-midi ?

— Non.

— Que Iona était une hypocrite de la pire espèce, une cinglée qui se croyait à tort l'héritière de Brian Dawes et une sainte nitouche qui n'hésiterait pas à m'accuser de harcèlement sexuel ou de kidnapping et à m'attaquer en justice.

— Où diable est-elle allée pêcher toutes ces idioties ?

— On se le demande.

— Ce qu'il faudrait, c'est que tu l'invites chez toi un de ces jours et qu'elle s'aperçoive par elle-même de son erreur.

— Je ne pense pas que Iona ait envie de lui être présentée et je ne peux pas le lui reprocher.

A sa place, j'aurais refusé de remettre les pieds à White Gate.

— Etant donné les circonstances, elle n'avait pas vraiment le choix, remarqua Nick en pénétrant dans le hall du Yoxburgh Star. Cela dit, je reconnais qu'elle est très sympathique et qu'elle a un charme fou. Quand j'étais venu visiter l'hôtel l'hiver dernier et que je l'avais vue accueillir des clients, elle m'avait déjà fait une excellente impression. Sans elle, l'établissement aurait périclité et le pauvre Brian Dawes aurait été acculé à la faillite.

— Pourquoi ses deux fils n'ont-ils pas voulu lui succéder ? s'étonna Daniel.

— Parce qu'ils avaient d'autres ambitions, j'imagine. Si j'avais deviné que notre squatteuse et la jolie réceptionniste que j'avais rencontrée au mois de février n'étaient qu'une seule et même personne, je serais allé lui parler et je l'aurais aidée à résoudre ses problèmes.

— Maintenant que nous savons qui elle est et dans quel but elle a occupé l'annexe, déclara Harry, rien ne nous empêche de voler à son secours.

— Avant d'offrir tes services à Iona, essaie donc de raisonner Emily et oblige-la à tenir sa langue, lui conseilla Daniel.

Puis, à l'adresse de John Rafferty, qui arpentait le fumoir d'un pas martial, il ajouta :

— Mlle Lockwood va venir nous rejoindre et j'aimerais que vous la laissiez entrer sans lui poser la moindre question. Est-ce clair ?

— Très clair, patron, répondit le vigile en claquant des talons comme un soldat au garde-à-vous.

Lorsque Iona franchit le seuil du Yoxburgh Star une heure plus tard, une indicible tristesse lui noua la gorge. De tous les meubles anciens qui ornaient jadis le hall d'accueil, un seul avait échappé à la convoitise des brocanteurs que Daniel et ses associés avaient chargés de vider les lieux : le comptoir où trônaient une petite cloche en bronze et le registre de l'hôtel.

« Si Brian était là, avec moi, songea-t-elle à la vue de l'épaisse couche de poussière qui masquait les veines du bois, il serait au bord des larmes et regretterait de… »

— Vous allez bien ?

Arrachée à ses sombres pensées par la voix inquiète de Daniel, Iona se retourna vers lui dans un sursaut et s'obligea à sourire.

— Assez bien, oui, murmura-t-elle. J'ai juste

un peu de mal à maîtriser mon émotion. C'est la première fois que je reviens ici depuis les obsèques de Brian et j'ai l'impression que tout a changé.

— Quand le bâtiment aura été restauré, vous vous sentirez encore plus dépaysée qu'aujourd'hui.

— Vous voulez le métamorphoser en palace ultramoderne ?

— Non, n'ayez crainte. J'aimerais simplement lui redonner une âme et y attirer de riches vacanciers en quête d'authenticité. Comme le terrain vague qui est situé derrière la buanderie a une superficie de cinq mille mètres carrés, je vais y faire construire une annexe très différente de celle où vous avez passé ces six dernières semaines.

— Qu'y aura-t-il dans cette annexe ?

— Un institut de thalassothérapie, des salons de massage, un sauna, une piscine chauffée et un club de fitness. Les touristes londoniens qui affluent sur la côte chaque été se plaignent de ne trouver aucun centre de remise en forme dans les environs. Une fois agrandi et réhabilité, le Yoxburgh Star devrait donc avoir un succès fou.

Daniel encercla d'un bras amical les épaules de Iona et la guida vers le fond du hall.

— Je vais vous montrer les plans que j'ai dessinés, lui dit-il, et vous présenter à George Cauldwell, le beau-père de Nick. Il est maçon et c'est à lui que j'ai demandé de rénover l'hôtel. Dès que vous l'aurez salué, je vous emmènerai dans High Street et vous pourrez acheter tous les vêtements qui vous plairont.

— Merci de votre générosité, rétorqua-t-elle, embarrassée. Grâce à vous, j'ai repris confiance en moi et j'arriverai peut-être à persuader les magistrats qui étudient mon dossier de patienter jusqu'à la naissance de ma fille avant de se prononcer.

— Drew Stephenson a-t-il accepté de défendre vos intérêts ?

— Oui. Pendant que je répondais à ses questions, sa secrétaire a rédigé le contrat de travail dont vous lui aviez parlé.

— Très bien ! s'exclama Daniel avec un sourire à vous mettre le cœur et les idées sens dessus dessous. Lorsque nous l'aurons signé, vous serez officiellement ma gouvernante et aucun de mes voisins n'osera m'accuser de vous avoir invitée à White Gate pour pouvoir vous faire la cour à l'abri des regards indiscrets.

*
* *

Quand Iona pénétra dans l'ancien bureau de Brian Dawes, Nick était en train de téléphoner à sa femme.

— Ne t'inquiète pas, ma chérie, déclarait-il, je ne devrais pas tarder à rentrer. Dès que Dan aura montré à Iona les derniers plans qu'il a dessinés, il ira lui acheter des vêtements et je viendrai vite te rejoindre à la maison… Comment veux-tu que je sache quelles sont ses couleurs favorites ? Elle a l'air d'adorer le rouge, mais il est possible qu'elle préfère le jaune ou le bleu et qu'elle déteste tes… Bon, bon, je vais lui demander de ne pas aller courir les magasins tant qu'elle n'aura pas jeté un œil sur ces vieux trucs.

Nick lança un « je t'aime » discret dans le micro de son portable, puis glissa le récepteur au fond de sa poche et se tourna vers Iona.

— Georgie m'a chargé de vous dire qu'il y avait dans son dressing des dizaines de robes de grossesse, de jupes, de pantalons et de chemisiers qui ne lui étaient d'aucune utilité maintenant qu'elle avait accouché et qu'elle serait ravie de vous les donner. J'ai essayé de lui expliquer que vous n'aviez peut-être pas les mêmes goûts qu'elle, mais elle était tellement impatiente de vous aider qu'elle ne m'a pas laissé en placer une. D'après ce que j'ai cru comprendre, elle a promis aux enfants de les emmener au square et, comme l'hôtel n'est qu'à cinq cents mètres du parc, elle va déposer à l'entrée du hall d'accueil un sac où vous trouverez tout ce qu'il vous faudra.

« Je parie que Iona n'a pas plus envie de porter les vêtements de Georgie que ceux d'Emily », pensa Daniel en ouvrant son carnet de croquis et en dépliant le rouleau de calque qu'il avait sorti d'un placard.

Mais, loin de refuser – par fierté ou par entêtement – l'offre qui venait de lui être faite, elle s'empressa de l'accepter.

— Lorsque vous verrez votre femme, lança-t-elle à Nick avec un sourire de gratitude, dites-lui que je serai très heureuse de lui emprunter deux ou trois petites choses et que je les lui rendrai une fois que le bébé sera né.

Dès son retour à White Gate, Iona étala sur son lit le contenu de la grosse poche en plastique que Georgie avait déposée devant la loge de John Rafferty, puis s'empara de la carte de visite que la jeune femme avait épinglée au col d'un chemisier et l'effleura des yeux.

« Chère Iona,

» J'espère que ces vêtements vous plairont

et vous permettront d'oublier les six semaines éprouvantes que vous avez passées dans l'annexe du Yoxburgh Star. Quand vous les aurez essayés, appelez-moi et donnez-moi votre avis.

» Comme je n'ai pas eu le temps de trier tous les T-shirts et tous les pulls qui encombrent mon dressing, j'aimerais que vous veniez déjeuner à la maison aujourd'hui et que vous fassiez votre choix.

» Amicalement,
Georgie »

Emue aux larmes, Iona troqua son vieux jean délavé et son chandail troué aux mites contre une splendide robe de cocktail en jersey rouge vif dont la jupe s'épanouissait en une vaste corolle jusqu'au ruban de satin amarante qui courait le long de l'ourlet.

— Puis-je entrer ? lui demanda Daniel après avoir frappé à la porte du studio.

— Oui, répondit-elle en lui ouvrant. Je suis présentable… Enfin, je crois.

— Vous êtes plus que présentable, vous êtes *magnifique*, rectifia-t-il, frappé d'admiration. Je savais que Georgie avait la même taille que vous, mais j'étais loin de me douter que ses vêtements vous iraient encore mieux qu'à elle.

— Comme elle a eu la gentillesse de m'écrire

un petit mot et de m'inviter à déjeuner, je préférerais aller la voir plutôt que de la remercier par téléphone. Où habite-t-elle ?

— Sur la route de corniche, pas très loin d'ici. Dès qu'il est venu vivre à Yoxburgh, Nick a fait construire une immense maison de style victorien avec une tour carrée qui a l'air de monter la garde en haut de la falaise. Je peux vous y emmener si vous voulez.

— Avec plaisir. Quand partons-nous ?

— Dans un quart d'heure. Je dois retourner à l'hôtel pour y rencontrer l'entrepreneur qui va démolir l'annexe et je vous déposerai en chemin.

Iona chercha son reflet dans le miroir qui tapissait l'une des cloisons de sa chambre et sentit une onde de feu lui enflammer les joues. Profondément décolletée, la robe que lui avait prêtée Georgie épousait son buste telle une seconde peau et ne masquait rien ou presque de ses charmes.

— Vous devriez mettre quelque chose de moins sophistiqué, lui suggéra Daniel en croisant son regard effaré dans la glace. Lorsque Georgie invite des amies à déjeuner, elle leur demande de s'habiller très simplement à cause des enfants. Nick et elle en ont quatre : Harry, Dickon et Maya, qu'ils ont adoptés après le décès de la sœur de Nick, et Lucie, la petite dernière. Comme ils sont tous très turbulents et qu'ils risquent de vous asperger de grenadine, il vaut mieux que vous choisissiez une tenue qui ne soit pas trop salissante.

— Merci du conseil, répliqua Iona avant de se retourner vers son lit et de balayer des yeux les jupes, les chemisiers et les pantalons qu'elle avait étalés sur l'édredon.

— Pendant que vous vous changez, je vais aller chercher Pebbles au fond du parc et l'enfermer dans le cellier pour qu'elle ne puisse pas s'échapper en notre absence.

— Bonne idée ! Je vous rejoindrai dès que je serai prête.

« Dieu, qu'elle est belle ! » s'extasia Daniel quand Iona sortit de son studio un quart d'heure plus tard et qu'il la vit s'approcher de lui d'un pas hésitant.

Vêtue d'un jean à taille haute qui moulait joliment son ventre arrondi et d'un bustier rose indien sous lequel on devinait la courbe tendre de ses seins, elle était le symbole même du charme et de la féminité.

— J'ai téléphoné à Georgie il y a cinq minutes

et je l'ai prévenue de votre arrivée, lui dit-il, des envies de caresses au bout des doigts. Elle m'a semblé impatiente de faire votre connaissance.

— Moi aussi, j'ai hâte de la rencontrer.

— Dépêchons-nous de partir, alors. Il est déjà midi trente.

— Ce corsage vous va drôlement bien, remarqua Georgie en serrant la main de Iona et en l'entraînant vers le parc à l'anglaise qui encerclait sa somptueuse villa. Comme je ne savais pas si vous aimiez les vêtements amples et confortables ou si vous préfériez les tenues sexy, je vous ai envoyé un large choix de jupes, de robes, de pantalons et de chemisiers.

— C'est très gentil à vous de me les avoir prêtés, car je n'avais plus grand-chose à me mettre. Tout ce que je possédais a été abîmé pendant la tempête qui s'est déchaînée dans la nuit de vendredi à samedi.

— Je suis désolée de ne pas être allée vous rendre visite ces six dernières semaines et de ne pas vous avoir proposé mon aide. Ian Dawes avait brossé de vous un tel portrait que Nick m'avait demandé de ne pas chercher à vous rencontrer et j'ai été assez stupide pour lui obéir.

— Ne vous faites aucun reproche. Il est normal que vous ayez suivi les conseils de votre mari.

Georgie s'engouffra sous une tonnelle où l'attendait une ravissante fillette aux joues rebondies et, d'un geste de la main, invita Iona à s'asseoir dans l'un des fauteuils en osier qui meublaient le kiosque.

— J'ai préparé un repas froid et j'ai confié la glacière à Maya, lui dit-elle. Comme c'est une petite gloutonne et qu'elle adore pique-niquer, je savais que la nourriture serait en sécurité avec elle.

— Votre maison est splendide, déclara Iona en jetant autour d'elle un regard émerveillé. Est-ce votre père qui l'a construite ?

— Oui. Il a également bâti celle de Dan et va restaurer le Yoxburgh Star.

— Je le sais. J'ai eu le plaisir de le rencontrer ce matin et il m'a parlé de son emploi du temps surchargé.

— Après le pontage coronarien qu'il a subi, il aurait fallu qu'il mette un frein à ses activités et qu'il se repose, mais j'ai eu beau le supplier de se ménager, il a refusé de m'écouter. Il aime son métier plus que tout au monde et ne supporterait pas d'y renoncer. Moi, en revanche, je n'ai pas hésité à abandonner l'architecture pour pouvoir m'occuper de mes enfants. Et je ne le regrette pas, car je préfère pouponner plutôt que passer mes journées à noircir des rouleaux de calque ou à fixer l'écran d'un ordinateur.

Georgie sortit de la glacière les délicieux pans-bagnats qu'elle avait confectionnés et en offrit un à Iona. Puis, dès la fin du pique-nique, elle l'entraîna vers son dressing et l'aida à essayer les dizaines de vêtements qu'elle n'avait pas encore pu trier.

— Quand devez-vous accoucher ? lui demanda-t-elle en la regardant pirouetter devant une psyché et caresser affectueusement son ventre rond.

— En août.

— Est-ce une petite fille ou un petit garçon que vous attendez ?

— Une petite fille. Comme je me suis habituée à cette idée, j'espère que le gynécologue qui m'a fait subir une échographie ne s'est pas trompé.

— Moi aussi, je rêvais de n'avoir que des filles, mais, dès que j'ai rencontré Harry et Dickon, les neveux de Nick, je suis tombée sous leur charme. Voulez-vous que nous allions chercher ces deux garnements à Chestnut Grove et que je vous présente à Emily ?

— Oh, non ! s'exclama Iona. Je… je ne vais pas pouvoir vous accompagner. Il faut que je rentre à White Gate et que je mérite mon salaire. Daniel m'a demandé de ranger ses placards et, vu le désordre qui règne dans la maison, je ne suis pas au bout de mes peines.

— Em est une jeune femme formidable, vous savez. Si elle a dit du mal de vous hier, c'est parce qu'elle a eu peur de voir son frère se lancer, tête baissée, dans une nouvelle histoire d'amour et être déçu une fois encore. Quand Kate, sa fiancée américaine, l'a quitté, il a souffert comme un damné, mais aucun de ses amis n'a réussi à lui arracher la moindre confidence. Peut-être vous racontera-t-il un jour ce qui s'est passé entre elle et lui.

— Pourquoi le ferait-il ? Je ne suis que sa gouvernante et sa vie privée ne me regarde pas.

— Que sa gouvernante ? répéta Georgie d'un air sceptique. Attendons quelques semaines et nous en reparlerons.

6.

— Avez-vous passé un bon après-midi ? demanda Daniel à Iona lorsqu'il revint du Yoxburgh Star à la tombée de la nuit.

— Oui, répondit-elle, mais je suis éreintée. A la fin du déjeuner, Georgie m'a demandé d'essayer une telle quantité de robes, de pull-overs, de T-shirts et de pantalons que cela m'a donné le tournis.

— A quelle heure l'avez-vous quittée ?

— Vers 16 heures. Ensuite, je suis rentrée à White Gate et, comme je me suis aperçue que votre réfrigérateur était vide, je suis allée faire des courses.

— A pied ?

— Evidemment ! Quand on n'a pas de voiture, on est bien obligé de marcher.

— Vous auriez dû m'appeler et je vous aurais emmenée au centre-ville.

— Encore aurait-il fallu que j'aie un téléphone sous la main.

— Pourquoi ne vous êtes-vous pas servie du combiné qui se trouve dans le vestibule ?

— Parce que vous ne m'y aviez pas autorisée et que j'ai eu peur de vous déranger. Même s'il y avait eu le feu à la maison et que j'avais voulu vous joindre de toute urgence, je ne l'aurais pas pu, car je ne connais pas le numéro de votre portable.

Daniel suspendit à une patère le blouson qu'il avait jeté négligemment sur ses épaules, puis se retourna vers Iona, l'air songeur.

— Savez-vous conduire ? lui demanda-t-il.

— Oui, acquiesça-t-elle, mais j'ai passé mon permis à l'étranger et il n'a pas été validé par l'administration britannique. Tant que j'habiterai en Angleterre, je n'aurai donc pas le droit de prendre le volant et d'aller me promener dans les rues de Yoxburgh ou de n'importe quelle autre ville du pays.

— Dommage !

— Pourquoi dites-vous cela ? Parce que vous avez planqué une deuxième BMW au fond de votre jardin et que vous me l'auriez prêtée en cas de besoin ?

— Non. Je n'en ai qu'une, hélas !

— Pas possible ! Moi qui croyais que vous collectionniez les bolides, je suis horriblement déçue.

Un petit sourire malicieux arqua les lèvres sensuelles de Daniel.

— Vous ne devriez pas l'être, rétorqua-t-il, car j'ai bel et bien une seconde voiture. C'est une vieille TR6, un modèle très prisé des connaisseurs, dont je ne me sers qu'en de rares occasions. Si vous aviez eu le permis, je vous aurais cédé ma BMW et je serais allé frimer devant les touristes au volant de ma superbe Triumph.

— Aurais-je pu vous l'emprunter de temps en temps ? lui demanda Iona.

— M'emprunter cette merveille ? Vous délirez ! s'écria-t-il avec une feinte indignation. Même mon père, qui a été policier autrefois et qui est la prudence personnifiée, n'a pas le droit de la conduire.

— Puisque vous n'êtes pas partageur, il n'y a aucune raison pour que je vous laisse goûter aux délicieuses écrevisses que j'ai achetées. Pendant que je me régalerai, vous n'aurez qu'à boire un verre d'eau plate et à manger un quignon de pain.

— Ah non, pitié ! J'ai été tellement débordé de

travail que je n'ai rien avalé de tout l'après-midi et que je suis mort de faim.

Daniel pénétra dans la cuisine d'un pas résolu et ouvrit le réfrigérateur.

— Comme il est normal que vous m'en vouliez de mon manque de générosité et que vous souhaitiez me punir, voilà ce que je vous propose ! dit-il à Iona. Au lieu de vous mettre aux fourneaux et de vous fatiguer inutilement, vous allez vous asseoir et me regarder trimer.

— Vous savez préparer un coulis de tomates ?

— Non.

— Et des queues d'écrevisses à la sauce Nantua ?

— Non plus, mais ça ne doit pas être sorcier. Si vous m'indiquez la marche à suivre, je suis sûr que j'y arriverai. Le jour où j'ai emménagé à White Gate, Em est venue m'apporter un livre de recettes et j'ai pris un certain plaisir à le…

Daniel s'interrompit, l'air gêné.

— Pardon, jeta-t-il après un long silence. Je m'étais juré de ne pas vous parler d'Emily.

— Ne vous excusez pas, riposta Iona en tirant l'une des chaises dont les pieds métalliques disparaissaient sous les volants de la nappe et en s'y laissant tomber, recrue de fatigue. Bien que votre sœur me haïsse cordialement et que je lui en veuille de m'avoir insultée, je ne peux pas vous obliger à la rayer de votre vie.

— Em ne vous déteste pas. Elle s'est fait un tas d'idées ridicules, mais elle s'apercevra de son erreur quand elle vous rencontrera, ce qui ne devrait pas tarder. Comme elle est paysagiste, je lui ai demandé de remodeler le parc de White Gate et elle m'a promis de passer à la maison demain matin. Si cela vous ennuie de vous retrouver face à face avec elle, sachez qu'elle sera encore plus mal à l'aise que vous.

« J'en doute », répliqua intérieurement Iona, les doigts crispés sur la ceinture de son jean.

— Sortez du réfrigérateur les carottes, le bouquet garni, l'ail, les oignons, les échalotes, le beurre et la crème fraîche que j'ai achetés cet après-midi, lança-t-elle à Daniel. Puis munissez-vous d'une casserole en fonte et montrez-moi ce dont vous êtes capable.

— A vos ordres, mon général ! se moqua-t-il en obtempérant.

— Bravo ! s'exclama Iona à la fin du dîner. Vous êtes un meilleur cuisinier que je ne le pensais. Hier, vous m'avez dit que vos talents de cordon-bleu laissaient à désirer, mais vous m'avez menti. Bien que la sauce Nantua soit assez difficile à réaliser, vous l'avez réussie à la perfection.

— C'est grâce à vous que j'y suis arrivé, précisa Daniel avec modestie. Si vous ne m'aviez pas conseillé de verser du cognac sur les écrevisses et de les faire flamber, le résultat aurait été très décevant.

— Oh ! je ne crois pas. Vous êtes tellement doué que vous auriez trouvé une autre astuce. Quand vous serez fatigué de dessiner des plans de maisons, vous n'aurez qu'à ouvrir un restaurant à côté du Yoxburgh Star et les clients de l'hôtel se bousculeront à votre porte pour pouvoir goûter à vos chefs-d'œuvre.

— Vous me flattez !

— Non, je suis sincère. Comme vous vivez seul et que vous êtes submergé de travail, je comprends que vous préfériez réchauffer des pizzas au micro-ondes plutôt que préparer une blanquette de veau ou du bœuf miroton, mais vous devriez feuilleter chaque soir le livre de recettes que vous a offert votre sœur et vous en inspirer.

— A propos d'Emily, voulez-vous que je lui demande de patienter encore un peu avant de venir ici ?

— Surtout pas ! Puisqu'il faudra bien que je la rencontre un jour, le plus tôt sera le mieux.

Iona saisit le verre en cristal que lui tendait Daniel et avala une gorgée de thé glacé.

— A quoi ressemblait White Gate la première fois que vous avez visité les lieux ? interrogea-t-elle d'une voix vibrante de curiosité.

— A un terrain en friche, répondit-il. Des centaines de ronces grimpaient à l'assaut des arbres, la pelouse était desséchée et le mur d'enceinte menaçait de s'écrouler. Grâce aux précieux conseils d'Emily et au récupérateur d'eau de pluie que j'avais acheté, j'ai pu faire reverdir le gazon et planter des massifs de bougainvillées le long de l'allée.

— Pourquoi avez-vous décidé de remodeler le parc ?

— Parce qu'il n'y a que des fleurs rouges autour de la maison et que je n'aime pas l'uniformité.

— Ce matin, j'ai voulu ouvrir le portillon qui se trouve au bord de la falaise, mais il était fermé à clé.

— Si j'ai été obligé de le verrouiller, c'est à cause du toupet de certains vacanciers. Comme le petit chemin escarpé dont je suis propriétaire est plus court que les sentiers balisés qui relient la plage publique de Yoxburgh à Lowestoft Road, les gens avaient la fâcheuse habitude de l'emprunter et de traverser mon jardin après s'être baignés.

— A votre place, je les aurais accueillis avec le sourire au lieu de leur barrer le passage.

— Vous n'avez jamais besoin d'intimité ?

— Presque jamais. Quand j'étais en Thaïlande, je dormais souvent dans des auberges de jeunesse et la promiscuité ne me dérangeait pas.

— Moi, je tiens à ma tranquillité et il me faut beaucoup d'espace.

— Ça, je l'avais remarqué. Est-ce parce que vous rêvez de fonder un foyer et d'avoir une dizaine d'enfants que vous avez fait construire une aussi grande maison ?

Un nerf tressauta au coin des lèvres de Daniel.

— Non, jeta-t-il, les mâchoires crispées. Lorsque j'en ai tracé le plan, je n'ai pensé qu'à l'aspect économique des choses. Comme il est peu probable que je reste à Yoxburgh toute ma vie, je me suis dit que plus les pièces seraient spacieuses, plus j'aurais de chances de rentabiliser mon investissement le jour où je déciderais de mettre la propriété en vente.

— Vous ne serez pas triste de quitter White Gate ce jour-là et de céder votre place à des étrangers ?

— Pourquoi le serais-je ? Le métier d'architecte consiste justement à dessiner de superbes villas et à laisser d'autres gens s'y installer.

Iona tourna la tête vers la porte-fenêtre entrebâillée de la cuisine et regarda un rayon de lune argenter les feuilles des bougainvillées.

— J'espère que votre sœur ne va pas arracher ces arbustes et transformer votre parc en un banal jardin d'ornement avec des massifs de roses thé et des haies de fusains, murmura-t-elle.

— Non, soyez tranquille, elle n'a pas l'intention de tout chambouler, riposta Daniel. Voulez-vous que je vous montre les croquis qu'elle a réalisés ?

— Bien sûr ! Comme je n'ai jamais rencontré de paysagistes et que je ne connais pas grand-chose à leurs méthodes de travail, je suis curieuse de voir quel genre de fleurs elle compte planter à White Gate.

— Suivez-moi et vous serez fixée.

Iona vida son verre d'un trait, puis se leva de table et sortit de la cuisine à longues enjambées.

— Pardon pour le désordre, lui dit Daniel en franchissant le seuil de son atelier et en désignant les dizaines de cartons qui s'amoncelaient aux quatre coins de la pièce. Quand j'ai quitté New York, j'ai empaqueté mes affaires à la va-vite et je n'ai pas eu le temps de les déballer.

— Qu'y a-t-il dans ces boîtes, si ce n'est pas indiscret ?

— Un tas de vieilleries sans intérêt. Des livres, d'anciens magazines, des feuilles de calque que j'ai couvertes de gribouillis à l'époque où j'étais étudiant et Dieu sait quoi encore.

Daniel s'approcha de l'un des deux fauteuils habillés de cuir havane qui encadraient son bureau et saisit les gros classeurs qu'il avait empilés sur les accotoirs.

— Asseyez-vous, conseilla-t-il à Iona. Après tout le mal que vous vous êtes donné ce soir, vous devez être à bout de forces.

— Qui est Kate ? lui demanda-t-elle en voyant s'échapper d'un album la photographie d'une jolie blonde au sourire artificiel.

— Personne…, maugréa-t-il, le visage rembruni.

Puis, avant qu'elle n'ait eu le temps de lui poser une autre question, il ramassa le portrait et le fourra dans la poche de son pantalon.

Lorsque le timbre de l'entrée se mit à carillonner le lendemain, Iona laissa tomber la serpillière qu'elle était en train d'essorer et alla ouvrir la porte du vestibule.

— Bonjour, lança-t-elle à la ravissante jeune femme aux longs cheveux bruns et à la mine embarrassée qui se tenait en haut du perron. Je suis Iona Lockwood, la gouvernante de M. Hamilton.

— Et moi, Emily Kavenagh, sa sœur, jeta son interlocutrice du bout des lèvres. Voulez-vous que je repasse plus tard, quand Dan sera là ?

— Non, restez, je vous en prie. Votre frère m'a avertie de votre visite et m'a dit qu'il vous avait demandé de remodeler son parc.

— Ce n'est pas pour cette raison que je suis venue à White Gate ce matin, c'est pour vous parler et pour m'excuser de vous avoir insultée. Je n'aurais pas dû vous juger avant de vous avoir rencontrée, mais, comme Dan est aussi naïf et généreux que mon mari, j'ai eu peur que vous n'abusiez de sa gentillesse et que vous ne lui fassiez du mal.

— Telle n'est pas mon intention, rassurez-vous. Je suis l'employée de Daniel et je n'entretiens avec lui que des relations professionnelles.

— Me pardonnez-vous de vous avoir prêté toutes sortes d'arrière-pensées ?

— Oui, car j'ai également des choses à me reprocher. Quand j'ai appris que Daniel était l'un des nouveaux propriétaires du Yoxburgh

Star, j'ai cru qu'il m'avait caché la vérité dans le seul but de me piéger et je l'ai traité d'hypocrite alors qu'il n'avait pas eu d'autre objectif que de m'aider.

— Dan n'a effectivement rien d'un menteur. C'est quelqu'un de très réservé qui préfère se murer dans le silence plutôt que de répondre à des questions trop personnelles, mais qui serait incapable de la moindre trahison. Il a beaucoup souffert à son retour de New York et je n'aimerais pas que cela recommence.

— Est-ce à cause de sa rupture avec Kate qu'il a quitté les Etats-Unis ?

Emily cligna des yeux, l'air mi-étonné, mi-agacé.

— Qui vous a parlé de cette fille ? interrogea-t-elle d'un ton brusque.

— Votre amie Georgie.

— J'aurais dû m'en douter. Elle est tellement bavarde qu'elle ne sait pas garder un secret.

— Oh ! elle ne m'a pas dit grand-chose. Elle m'a juste confié que votre frère avait été amoureux d'une Américaine prénommée Kate et qu'il avait eu du chagrin le jour où elle l'avait laissé tomber.

— Dan vous a-t-il raconté ce qui s'était passé entre eux ?

— Non. Quand il m'a emmenée dans son atelier de dessin hier, j'ai vu la photo d'une jolie jeune femme aux cheveux blonds et j'ai supposé qu'il s'agissait de la mystérieuse Kate, mais, lorsque j'ai demandé à Daniel qui elle était, il m'a répondu : « Personne. »

— Cela ne me surprend pas qu'il ait éludé votre question. Depuis qu'il est rentré de New York, il refuse obstinément d'aborder le sujet.

Trop fatiguée pour rester debout cinq minutes de plus, Iona ouvrit à deux battants la porte du vestibule et esquissa un sourire.

— Voulez-vous que je vous offre une tasse de café et que nous allions nous asseoir au fond du jardin ? lança-t-elle à Emily.

— Avec joie ! s'exclama cette dernière, enfin déridée.

— Qu'avez-vous pensé de ma sœur ? interrogea Daniel à son retour du Yoxburgh Star.

— Qu'elle était très sympathique, répondit Iona. Nous avons passé la matinée à bavarder et, avant de partir, elle a déposé de nouveaux croquis dans votre atelier.

— Sont-ils différents de ceux que je vous ai montrés hier ?

— Je ne sais pas. J'ai été tellement occupée cet après-midi que je n'ai pas eu le temps d'y jeter un œil.

— Qu'avez-vous préparé de bon pour le dîner ?

— Un *chili con carne*. Comme j'ignorais à quelle heure vous rentreriez, j'ai préféré vous mitonner un plat facile à réchauffer plutôt que de vous servir un soufflé.

— Où avez-vous trouvé les ingrédients ?

— Dans l'une des épiceries de High Street. Emily m'y a emmenée en voiture et m'a promis qu'elle allait demander à son mari de me prêter la vieille bicyclette de sa grand-mère. Il paraît qu'elle est encore en état de marche, bien qu'elle n'ait pas quitté le garage de Chestnut Grove depuis des années.

— La vieille bicyclette ! releva Daniel, horrifié. Vous n'avez tout de même pas l'intention de faire du vélo ?

— Si ! J'adore pédaler.

— Le tas de ferraille que vous voulez emprunter à Harry est-il muni d'un feu arrière ?

— Je n'en ai aucune idée et je m'en moque. Quand je l'enfourcherai, ce sera en plein jour, pas au beau milieu de la nuit.

— A moins d'être candidate au suicide,

vous devriez éviter de grimper sur ce cercueil à deux roues. Les rues de Yoxburgh sont souvent embouteillées en cette saison et vous risquez d'avoir un accident.

— Mais non, voyons ! Je serai très prudente.

Iona examina d'un air critique la chemise et le pantalon poussiéreux de Daniel, puis l'entraîna d'autorité hors de la cuisine.

— Montez vous changer, lui ordonna-t-elle du ton d'une maîtresse d'école houspillant l'un de ses élèves. Dès que vous vous serez déshabillé, je laverai vos vêtements et j'irai ensuite les étendre au fond du…

— Impossible ! coupa-t-il. Il n'y a pas de corde à White Gate.

— Si. J'en ai acheté une en ville cet après-midi et je l'ai accrochée à des troncs d'arbres.

— Pourquoi ne voulez-vous pas vous servir du sèche-linge qui se trouve dans la buanderie ?

— Parce qu'il consomme trop et que je n'aime pas gaspiller l'électricité.

— Inutile de me le rappeler ! Vous me l'avez déjà expliqué en long, en large et en travers.

— Puisque vous savez à quel point l'écologie m'intéresse, vous ne serez pas étonné d'apprendre que j'ai décidé de transformer une partie de votre jardin d'agrément en potager. J'ai demandé l'avis de votre sœur ce matin et elle m'a dit que c'était une excellente idée. Les légumes qui sont vendus dans certains supermarchés contiennent tellement de résidus de pesticides qu'il vaut mieux cultiver son propre lopin de terre et manger bio.

— Cet *arroz con pollo* était un délice, remarqua Daniel à la fin du dîner, le lendemain soir.

— Merci, jeta Iona après avoir bu une grande rasade de thé glacé. J'ai utilisé le reste des piments que j'avais achetés hier. Vous n'avez pas trouvé la sauce un peu trop relevée ?

— Non, mais je n'en reviens pas que vous ayez réussi à vider votre assiette sans avoir la gorge en feu. A votre place, Emily aurait suffoqué.

— Moi, j'ai passé deux ans au Mexique avec ma mère et je me suis habituée aux plats très épicés. Là-bas, si on ne veut pas mourir de faim, on a intérêt à apprécier les spécialités du pays.

— Quel dessert m'avez-vous concocté ? Des beignets à la cannelle et au gingembre ?

— Non. Une macédoine de fruits.

— Mmm ! j'en ai déjà l'eau à la bouche.

— Pendant que je débarrasse la table, prenez les bols et les cuillères que j'ai posés sur le plan de travail et allez m'attendre dans le jardin. La mer est tellement belle au clair de lune qu'il serait dommage de ne pas l'admirer.

Après avoir escamoté les reliefs du dîner à l'aide du ramasse-miettes argenté qu'elle avait déniché au fond d'un tiroir, Iona mit le lave-vaisselle en marche et rejoignit Daniel en haut du petit escalier qui avait été creusé dans la falaise, juste derrière le portillon.

— Je voudrais profiter de cette magnifique soirée pour vous remercier, lui dit-elle.

— Me remercier ! répéta-t-il en l'aidant à se percher sur le mur d'enceinte et en s'asseyant à côté d'elle, les yeux levés vers les myriades d'étoiles qui scintillaient au firmament. De quoi ?

— De m'avoir offert l'hospitalité et d'avoir accueilli Pebbles sous votre toit. Avant de vous rencontrer, je croyais que la chance m'avait oubliée, mais vous m'avez redonné des raisons d'espérer.

— Si j'ai pu vous être utile, j'en suis très heureux.

— « Utile » n'est pas le mot qui convient. Vous avez été mon sauveur, mon preux chevalier, et je vous en serai éternellement reconnaissante.

Voyant Iona réprimer un frisson, Daniel saisit le pull-over en cachemire dont il avait noué les manches autour de son cou et le posa avec une extrême délicatesse sur les épaules de la jeune femme.

— Ne me remerciez pas, mon ange, lui chuchota-t-il à l'oreille. Tout le plaisir a été pour moi.

7.

Lorsque Daniel revint du Yoxburgh Star le lendemain soir, il monta prendre une douche dans sa salle de bains, puis voulut aller chercher des vêtements propres au fond de sa chambre, mais les valises et les sacs de voyage qu'il avait entassés au pied de son lit quelques semaines auparavant avaient mystérieusement disparu.

— Plutôt mourir que de remettre ce costume sale ! marmonna-t-il en fixant d'un air dégoûté la veste et le pantalon qu'il avait portés toute la journée.

Comme le long peignoir brun qu'il avait laissé près de son jacuzzi au début de la matinée s'était envolé, lui aussi, il enroula une serviette-éponge autour de ses reins et redescendit au rez-de-chaussée.

Quand elle le vit pénétrer, à demi-nu, dans la cuisine, Iona lâcha l'oignon qu'elle était en train d'émincer et fit un tel bond en arrière qu'elle s'entailla l'index avec la lame effilée de son couteau.

— Vous auriez dû me dire que vous étiez rentré, s'écria-t-elle, le premier choc passé. J'ai eu une de ces peurs !

— Pardon de vous avoir effrayée, lança Daniel. Je n'en avais pas l'intention.

— Que vous en ayez eu l'intention ou pas, le résultat est le même : j'ai failli me couper un doigt !

— Voulez-vous que je téléphone à un médecin et que je lui demande de venir suturer votre…

— Non, ce n'est pas la peine. Un simple pansement suffira. Y a-t-il une boîte de sparadraps quelque part dans cette maison ?

— Oui, mais je ne sais plus où je l'ai mise.

— Le contraire m'aurait étonnée. Lorsque je suis montée aérer votre chambre ce matin, la pièce était dans un tel désordre qu'une chatte n'y aurait pas retrouvé ses petits.

— Qu'avez-vous fait des valises et des sacs que j'avais empilés à côté de mon lit ?

— Je les ai vidés et j'ai rangé leur contenu sur les étagères de votre dressing. Certains des vêtements que vous y aviez entassés sont dans un état indescriptible et, à moins que vous ne préfériez les envoyer directement chez le teinturier, il va me falloir des semaines pour les nettoyer et les repasser.

— Ce qui prouve que j'étais sincère quand je vous ai dit que j'avais besoin d'une gouvernante. Comme je suis allergique aux travaux ménagers, je ne me sers de ma machine à laver et de mon fer à vapeur qu'en cas d'absolue nécessité.

— Ça, je veux bien le croire. Si vous ne m'aviez pas embauchée, vous auriez fini par ressembler à un épouvantail à moineaux.

Un sourire contrit aux lèvres, Daniel effleura d'une caresse le doigt ensanglanté de Iona, puis sortit à la hâte de la cuisine.

— Je vais monter m'habiller, lança-t-il en traversant le hall. Ensuite, j'irai chercher la trousse de secours que j'ai dû laisser dans ma voiture et je m'occuperai de vous.

Après avoir gravi les marches fraîchement cirées de l'escalier, il s'engouffra dans sa chambre et s'immobilisa, médusé, à l'entrée de son dressing. Suspendues à des cintres et boutonnées jusqu'au col, ses chemises avaient été classées suivant leur couleur et la longueur de leurs manches. Ses socquettes, habituellement dépareillées, avaient été rangées deux par deux au-dessus d'une pile de chaussures. Quant à ses T-shirts et à ses pull-overs, ils avaient été pliés en quatre et alignés sur les étagères avec méticulosité.

Une fois remis de sa stupeur, Daniel enfila son jean préféré – un vieux Wrangler délavé qu'il croyait avoir oublié à New York – et le premier chandail qui lui tomba sous la main, puis alla fouiller dans le vide-poche de sa BMW et en extirpa une boîte de sparadraps.

— Tenez ! dit-il à Iona en la rejoignant au fond de la cuisine et en lui tendant les pansements. C'est tout ce que j'ai trouvé.

— Merci de me les avoir apportés, mais je n'en ai plus besoin, riposta-t-elle. J'ai nettoyé la plaie pendant que vous vous habilliez et j'ai enroulé un morceau de gaze autour de mon doigt.

— Quel genre d'antiseptique avez-vous utilisé ?

— Du vinaigre. Il n'y a pas de meilleur désinfectant.

— Vous avez été infirmière dans une vie antérieure ?

— Non. C'est à force de voyager que j'ai appris le b. a.-ba du métier. Quand on est seul au milieu de nulle part et qu'on s'est fait une entaille à la main ou au pied, on a intérêt à savoir se débrouiller sans l'aide d'un médecin.

Daniel ouvrit la porte du réfrigérateur et

empoigna la bouteille de rosé qu'il avait dénichée la veille dans la cave du Yoxburgh Star.

— Voulez-vous goûter à ce délicieux pinot d'Alsace et trinquer avec moi ? demanda-t-il à Iona.

— J'aimerais bien, mais mon gynécologue m'a défendu de boire de l'alcool pendant ma grossesse, répondit-elle après avoir jeté dans une cocotte les poivrons qu'elle venait de couper en dés et les oignons qu'elle avait émincés.

— Qu'êtes-vous en train de préparer ?

— Une paella à la valencienne. J'adore les plats à base de riz et de poulet.

— Pourquoi n'avez-vous pas acheté de pommes de terre la dernière fois que vous êtes allée en ville ?

— Parce qu'elles sont trop lourdes. Dès que votre beau-frère m'aura prêté la bicyclette de sa grand-mère, je pourrai en stocker des tonnes à White Gate si vous tenez absolument à ce que je vous serve chaque soir un gratin dauphinois.

— Avez-vous eu des nouvelles d'Emily aujourd'hui ?

— Oui. Elle m'a appelée à la fin de la matinée et, comme elle voulait vous parler de ses croquis, je l'ai invitée à dîner avec son mari et leurs enfants. Ils devraient arriver dans une vingtaine de minutes.

Iona referma d'un coup de talon la porte entrebâillée du réfrigérateur et fusilla Daniel des yeux.

— Au lieu de rester là et de me harceler de questions, remontez donc dans votre chambre, lui ordonna-t-elle. Vous voyez bien que vous m'empêchez de travailler.

— Inutile de vous énerver ! grommela-t-il. Je m'en vais.

Puis, vexé d'avoir été chassé de sa propre cuisine, il alla se réfugier au fond de son atelier, sa bouteille de rosé dans une main et une flûte en cristal dans l'autre.

— Cette fille est pire que la peste et le choléra réunis, maugréa-t-il en s'asseyant sur un coin de son bureau, mais ce qu'elle est jolie !

Aucune des jeunes femmes qu'il avait rencontrées – pas même Kate, dont le teint de porcelaine et les cheveux blond platine auraient fait pâlir de jalousie toutes les starlettes d'Hollywood – ne possédait sa grâce ni son éclat et, s'il n'y prenait garde, il finirait un jour ou l'autre par en tomber amoureux.

*
* *

« Vivement ma première récolte ! » se dit Iona le vendredi suivant, quand elle quitta la jardinerie de Yoxburgh et qu'un rayon de soleil pointilla d'or les plants de tomates, de haricots, de courgettes et de laitues qu'elle avait empilés avec précaution dans le porte-bagages de sa bicyclette.

Heureuse d'avoir pu transformer en potager les trois cents mètres carrés qui séparaient la pergola de son studio du mur d'enceinte et d'avoir réussi, grâce aux conseils d'Emily, à protéger les plates-bandes du vent d'ouest, elle remonta Lowestoft Road à grands coups de pédale et salua d'un large sourire les deux inconnues qui allaient et venaient devant les grilles de White Gate.

— Vous désirez quelque chose ? leur demanda-t-elle après avoir sauté à bas de sa selle.

— Oh, non ! nous ne faisions que regarder, s'exclama la plus âgée. Mon mari et moi avons habité ici autrefois et j'étais curieuse de voir à quoi ressemblait la maison du nouveau propriétaire.

— Voulez-vous la visiter ?

— Avec plaisir, mais à condition que M. Hamilton soit d'accord.

— Il le sera, n'ayez crainte. Je suis sa gouvernante et je sais qu'il me remerciera de vous avoir invitées à entrer.

*
* *

— Quelle sale journée ! maugréa Daniel en arrivant chez lui ce soir-là.

Il avait passé des heures à monter, à descendre et à remonter l'escalier du Yoxburgh Star pour essayer de résoudre les mille et un problèmes que lui avaient soumis à tour de rôle les nombreux artisans qu'il avait engagés et, maintenant que les travaux avaient enfin commencé, il ne rêvait que d'une chose : aller boire un verre de rosé au fond de son jardin, loin du bruit des perceuses et des marteaux-piqueurs.

Quand il pénétra dans le vestibule et que, par la porte grande ouverte de son living-room, il vit Iona servir le thé à des inconnues, il retint de justesse un soupir d'exaspération.

— Dépêchez-vous de nous rejoindre, lui ordonna-t-elle joyeusement. Margaret Jessop, l'ancienne propriétaire de White Gate, et Joan Gray, sa fille, sont venues admirer votre maison.

— Ravi de vous rencontrer, madame Jessop, lança Daniel en plaquant un sourire sur ses lèvres et en s'approchant de la plus âgée des deux femmes.

— J'espère que vous ne nous en voulez pas de vous avoir imposé notre présence, monsieur Hamilton, rétorqua-t-elle. Nous n'avions pas l'intention de vous déranger, mais Mlle Lockwood nous a dit que cela ne vous ennuierait pas de nous accueillir chez vous.

— Elle a bien fait de vous inviter à entrer, car j'ai regretté de ne pas avoir pu vous parler le jour où j'ai acheté votre superbe terrain.

— Si mon pauvre Tom nous observe de là-haut, il doit être heureux de nous écouter bavarder. Il était artiste dans l'âme et adorait l'architecture.

— Est-ce lui qui avait tracé le plan de votre villa ?

— Oui. Et il l'avait construite de ses propres mains juste après m'avoir épousée, en 1934.

— En 1934 ! répéta Daniel, incrédule. Vous êtes sûre de ne pas vous tromper ?

— Sûre et certaine. J'ai fêté mon quatre-vingt-seizième anniversaire en avril et je me suis mariée à vingt-deux ans. Alors, faites le calcul et vous verrez que je sais encore compter malgré mon grand âge.

Margaret Jessop jeta autour d'elle un regard brillant de curiosité, puis hocha la tête d'un air approbateur.

— Je vous trouve très sympathique, jeune homme, dit-elle à Daniel, et votre maison me plaît. Tom et moi n'étions pas assez riches pour nous offrir une telle merveille, mais, si nous avions eu beaucoup d'argent, nous ne nous serions fixé aucune limite.

— Quand j'étais enfant, intervint Joan Gray, la plage qui se trouve au pied de la falaise était privée et je me rappelle avoir passé des journées entières à bâtir des châteaux de sable que la mer s'amusait à démolir pendant la nuit.

— A cette époque-là, déclara sa mère, il y avait une roseraie au fond du parc et j'allais souvent m'y promener. Après la mort de Tom, hélas, je n'ai pas pu entretenir seule le jardin et les ronces ont peu à peu envahi les massifs de fleurs.

— En quelle année votre mari vous a-t-il quittée ? demanda Iona à Margaret.

— En 1990, l'informa cette dernière avec une infinie tristesse. Dans les mois qui ont suivi son décès, j'ai essayé de préserver tout ce qu'il avait bâti à force de courage et de volonté, mais j'étais trop fatiguée pour repeindre moi-même les volets et trop pauvre pour engager des artisans. Je suis donc très heureuse qu'un architecte de talent comme M. Hamilton ait pris la relève et qu'il ait su redonner une âme à White Gate.

— C'est la chose la plus gentille qu'on m'ait dite depuis bien longtemps, madame Jessop, lança Daniel d'une voix que l'émotion altérait.

Dès qu'il se fut assis à côté d'elle, sur le canapé,

Iona lui offrit une tasse de thé et un morceau de la tarte aux carottes qu'elle avait confectionnée au début de la matinée.

— J'ai fait ce gâteau pendant que votre sœur traçait le contour de mon futur potager, lui expliqua-t-elle. Après y avoir goûté, elle m'a aidée à arracher les mauvaises herbes et à labourer.

— Tom adorait jardiner, lui aussi, déclara Margaret. Chaque été, nous récoltions plein de tomates, d'aubergines et de haricots verts.

— Grâce à la petite fontaine qu'on m'a conseillé d'installer, précisa Iona, je pourrai facilement arroser mes plates-bandes.

« Grâce à la petite fontaine ! releva Daniel, suffoqué. Et puis quoi encore ? »

— J'ai conservé des photos de l'ancienne White Gate, lui dit Joan, et j'aime bien les montrer à mes enfants en souvenir du bon vieux temps. Voudriez-vous que je vous prête l'album ?

— Avec grand plaisir.

— En les regardant, vous vous apercevrez que votre parc ressemble beaucoup à celui où je jouais autrefois.

— Seule la villa a été détruite, observa Margaret. Pour tout vous avouer, monsieur Hamilton, je suis heureuse qu'elle ait été rasée après l'incendie, car je n'aurais pas supporté de la vendre à des étrangers. C'était *notre* maison, à Tom et à moi, et je n'aurais laissé personne y emménager.

— Je comprends que vous ayez préféré la voir brûler pluôt que la céder à un inconnu, madame Jessop, murmura Daniel, les yeux au loin.

Quand Iona lui avait demandé s'il avait fait construire White Gate parce qu'il souhaitait y fonder une famille, il avait prétendu que la rentabilité du projet avait été son unique préoccupation alors que son vœu le plus cher aurait été d'y habiter avec la femme de sa vie et d'y élever une ribambelle d'enfants.

— Ne désespérez pas, jeune homme, votre rêve finira par se réaliser, lui glissa Margaret comme si elle avait lu dans ses pensées.

— Mlle Lockwood vous a-t-elle emmenée visiter le premier étage ? s'enquit-il, impatient de détourner la conversation.

— Non. Elle ne m'a montré que les pièces du rez-de-chaussée et le jardin.

— Aimeriez-vous que je vous serve de guide ?

— Volontiers, mais j'ai peur de ne pas pouvoir vous suivre. A mon âge, on a les jambes raides et du mal à gravir un escalier.

— Qu'à cela ne tienne ! Je vais vous porter.

Margaret posa sa main gantée de noir sur l'épaule de Daniel et éclata d'un rire cristallin.

— La dernière fois qu'un gentleman m'a serrée dans ses bras, répliqua-t-elle, c'était il y a des siècles.

— Et quel souvenir en avez-vous gardé ?

— Un merveilleux souvenir.

— Pourquoi ne pas retenter l'expérience, alors ?

— Je suis navrée d'avoir invité Mme Jessop et sa fille à prendre le thé, lança Iona à Daniel dès que les deux femmes eurent quitté White Gate. Quand vous êtes arrivé du Yoxburgh Star, j'ai vu que vous étiez épuisé et j'ai regretté de les avoir laissées entrer.

— Vous n'avez rien à vous reprocher. Elles sont charmantes et j'ai été ravi de faire leur connaissance.

— Maintenant qu'elles sont parties, que préférez-vous ? Monter vous reposer ou passer tout de suite à table ?

— Passer tout de suite à table. Que m'avez-vous mitonné de bon ce soir ?

— Des darnes de saumon à l'andalouse,

des pommes de terre sautées et une salade de crudités.

— Heureusement que vous avez préparé un repas copieux, car je n'ai avalé qu'un sandwich à midi et j'ai une faim de loup.

Après le dîner, Daniel aida Iona à mettre en pleine terre les pieds de tomates qu'elle avait achetés.

— Où comptez-vous installer votre fontaine ? lui demanda-t-il en maniant le plantoir avec une remarquable dextérité.

— Là-bas, au bout de cette plate-bande, répondit-elle, un doigt pointé vers le seul carré d'herbe drue qui avait échappé au sarcloir d'Emily. Comme la kitchenette de mon studio se trouve juste derrière le potager et que la conduite d'eau longe le jardin, Georgie m'a certifié que nous n'aurions pas besoin de faire appel à un plombier professionnel.

— Quand est-elle venue à White Gate ?

— Ce matin, en même temps que votre sœur.

— C'est elle qui vous a conseillé de vous lancer dans des travaux d'irrigation ?

— Oui.

— Je l'aurais parié. Cette calamité ne m'a jamais pardonné de l'avoir embrassée devant toutes ses copines de classe et depuis elle prend un malin plaisir à m'empoisonner l'existence.

— Si vous croyez qu'elle va me pousser à acheter du matériel hors de prix et à vous ruiner, vous vous trompez. Elle m'a dit que ce serait à vous de choisir la forme et la taille du bassin.

— Trop aimable !

Iona s'agenouilla entre deux plates-bandes et redressa le plant de tomate que Daniel avait failli décapiter.

— Qu'avez-vous contre les fontaines ? l'interrogea-t-elle en se relevant.

— Rien de spécial, bougonna-t-il. Je les trouve juste un peu trop bruyantes.

— Pas moi. Quand je serai triste ou énervée, je viendrai m'asseoir dans le potager et, en entendant l'eau clapoter, je me sentirai beaucoup mieux.

— Pourquoi devriez-vous être triste ou énervée ? Vous ne vous plaisez déjà plus à White Gate ?

— Si, mais mon avenir est incertain et, chaque fois que je pense à mes problèmes d'argent, cela me sape le moral.

— C'est parce que vous êtes fatiguée que vous avez des idées noires. Depuis que vous avez emménagé ici, vous ne vous êtes accordé aucun répit.

— Il est vrai que j'ai mis les bouchées doubles ces derniers jours et que je suis éreintée. Bien que je n'aie pas encore débarrassé la table et balayé la cuisine, m'autorisez-vous à aller me reposer ?

— Quelle question !

Après avoir pris congé de Daniel et regagné son studio d'un pas traînant, Iona remplit de croquettes la gamelle de Pebbles, puis versa un peu d'eau fraîche dans le bol en plastique rose bonbon qui lui servait d'écuelle et s'étonna de ne pas voir la petite chatte accourir.

— Où te caches-tu, ma jolie ? demanda-t-elle en fouillant une à une toutes les pièces de l'appartement.

Mais elle eut beau jeter un œil sous son lit, derrière les rideaux de sa chambre et entre les fauteuils de son boudoir, elle ne trouva aucune trace de Pebbles.

Folle d'inquiétude, elle sortit dans le vestibule comme une tornade et se rua vers l'atelier de Daniel.

— Pebbles a disparu, lança-t-elle d'une voix stridente. Est-elle avec vous ?

— Non, répondit-il. Quand l'avez-vous aperçue pour la dernière fois ?

— Ce matin. Elle m'a regardée labourer mes plates-bandes et elle était encore dans le potager au moment où Georgie et votre sœur ont quitté White Gate.

— Qu'avez-vous fait ensuite ?

— Après avoir déjeuné et lavé vos chemises, je suis allée à la jardinerie à vélo et, lorsque je suis revenue à la maison, je ne l'ai pas vue.

— Les grilles étaient-elles ouvertes ou fermées à votre retour du centre-ville ?

— Fermées. Vous pensez bien que je ne serais pas partie en les laissant ouvertes. J'aurais eu trop peur que Pebbles n'en profite pour s'enfuir.

Daniel extirpa une torche électrique de son bureau et entraîna Iona vers le fond du parc.

— Cherchons-la chacun de notre côté, lui dit-il. Et le premier qui réussira à l'attraper appellera l'autre.

— Entendu, riposta-t-elle avant de s'approcher des massifs de bougainvillées qui flamboyaient au clair de lune et d'en écarter les feuilles.

Quand elle eut exploré toutes les cachettes où Pebbles aurait pu se réfugier, elle rebroussa chemin et longea la clôture jusqu'au bord de la falaise.

A peine avait-elle jeté un œil par-dessus les barreaux en fer forgé du portillon et pivoté sur ses talons qu'elle vit Daniel se pétrifier à quelques mètres du mur d'enceinte, le regard empli de tristesse et de commisération.

— Elle… elle est morte, n'est-ce pas ? lui demanda Iona d'une voix blanche.

— Oui, acquiesça-t-il. Je l'ai retrouvée au pied du lilas, à l'endroit même où je l'avais aperçue hier soir, à mon retour du Yoxburgh Star.

Incapable de retenir les larmes qui lui brûlaient les paupières, Iona se dirigea vers l'arbuste avec des gestes de somnambule et s'agenouilla dans l'herbe.

— Pendant les six horribles semaines que je… que j'ai passées en haut de l'annexe, elle a été ma seule amie et, sans elle, je ne sais pas si j'aurais tenu le coup, balbutia-t-elle en caressant le museau de Pebbles. Pourrions-nous la… l'enterrer ici ?

— Naturellement, répondit Daniel. Ne bougez pas, je m'occupe de tout.

Le cœur lourd, il alla chercher une pelle et une boîte à chaussures dans son cellier, puis allongea la petite chatte au fond du carton, sur un lit de papier de soie, et se mit à creuser.

— Venez, intima-t-il à Iona après avoir recouvert d'humus la tombe de Pebbles et dessiné une croix au pied du lilas. Je vais vous raccompagner jusqu'à la porte de votre chambre et vous préparer une infusion.

— Merci, murmura-t-elle en se redressant. Je suis tellement fatiguée que je voudrais m'endormir et ne plus jamais me réveiller, comme Pebbles.

— Ne soyez pas triste pour elle. Grâce à Brian Dawes et à vous, qui l'avez aimée et choyée, elle a eu une belle et longue vie. Elle a pu jouer les acrobates sur le toit du Yoxburgh Star, observer ses copains les oiseaux à travers les branches des sycomores et lézarder au soleil pendant des heures.

Dès qu'elle eut regagné son studio, Iona s'enferma dans son cabinet de toilette, puis enfila l'une des jolies chemises de nuit que lui avait prêtées Georgie et, les yeux gonflés de larmes, alla se glisser entre ses draps.

— Restez avec moi, je vous en prie, lança-t-elle à Daniel lorsqu'il vint lui apporter une tasse de tilleul. Je sais que je suis laide à faire peur et qu'aucun homme n'aurait l'idée saugrenue de m'embrasser, mais je me sens terriblement seule ce soir et j'ai besoin d'être consolée.

— Vous n'êtes pas laide, mon ange, au contraire ! répliqua-t-il en posant sur la descente de lit le plateau qui l'encombrait et en s'asseyant à l'extrême bord du matelas. Vous êtes très belle et très désirable.

— C'est vrai ?

— Je vous le jure. Si je n'avais pas perdu toutes mes illusions et que je croyais encore au grand amour, j'aurais bien du mal à vous résister et à…

— Ce que je veux, ce n'est pas que vous m'aimiez pour l'éternité, c'est que vous me teniez compagnie jusqu'à demain matin. Est-ce trop vous demander ?

Daniel hésita une seconde, puis se débarrassa de son jean et de son T-shirt et, uniquement vêtu d'un boxer anthracite, s'allongea à côté de Iona.

— Dormez, mon cœur, chuchota-t-il après lui avoir encerclé les épaules d'un bras réconfortant. Nous parlerons plus tard.

« Dormez ! releva-t-elle, interloquée. Il ne s'imagine quand même pas que je vais réussir à fermer l'œil un soir pareil ? »

Mais, rompue de fatigue et d'émotion, elle céda au sommeil avant d'avoir pu cueillir sur les lèvres de Daniel le tendre baiser qui l'aurait consolée de son chagrin.

8.

Ce fut un bruit étrange qui réveilla Daniel au milieu de la nuit. Un bruit lointain, étouffé, qui perça l'épais brouillard où il s'était enfoncé et qu'il mit quelques secondes à identifier.

Trop inquiet pour prendre la peine d'enfiler son jean et son T-shirt, il s'élança hors de la chambre de Iona et, par la baie grande ouverte du boudoir, vit la jeune femme s'agenouiller sur la tombe de Pebbles, le corps secoué de sanglots convulsifs.

Que faire ? se demanda-t-il en sortant du salon d'un pas incertain et en s'adossant à l'un des piliers enguirlandés de chèvrefeuille de la pergola. Aller la rejoindre et essayer de la réconforter ? Ou respecter son besoin de solitude et la laisser pleurer tout son content ?

Après avoir longuement hésité, il s'avança, pieds nus, dans l'herbe humide du jardin et s'accroupit au pied du lilas où reposait la petite chatte.

— Pardon de vous avoir réveillé, lui dit Iona d'une voix étranglée. Je dois avoir l'air ridicule et pitoyable, mais j'ai subi tellement d'épreuves depuis le début de l'année que je ne sais plus très bien où j'en suis. Pebbles était ma meilleure amie et, maintenant qu'elle m'a quittée, j'ai l'impression d'être seule au monde.

— Il est normal que vous soyez triste de l'avoir perdue et je ne vous trouve ni ridicule ni pitoyable. A votre place, j'aurais également le cœur gros. Autrefois, j'avais un hamster presque aussi mignon que Pebbles et, quand il est mort, j'ai été effondré.

— Comment s'appelait-il ?

— Max. Je l'ai pleuré pendant des semaines et il a fallu qu'Emily me confie le hérisson blessé qu'elle avait recueilli pour que j'arrive à surmonter mon chagrin.

— Vous croyez que le mien finira par s'estomper avec le temps ?

— Oui. Les moments merveilleux que vous avez passés en compagnie de Pebbles resteront gravés dans votre mémoire, mais un jour viendra où vous ne souffrirez plus de son absence.

Daniel essuya du bout des doigts les cils emperlés de larmes de Iona et lui effleura le front d'une caresse furtive, à peine esquissée.

— Ne me laissez pas seule cette nuit... ne me laissez pas seule, je vous en supplie, murmura-t-elle avant de se serrer contre lui, la nuque ployée en arrière, et de lui offrir ses lèvres.

Alors que le baiser s'épanouissait, joie et tristesse entremêlées, la vie alentour sembla s'arrêter. Les vagues qui déferlaient sur la grève avaient cessé de maltraiter les galets entassés au pied de la falaise. Les criquets qu'on avait entendus striduler au fond du parc tout au long de la soirée avaient interrompu leur sérénade et, comme s'il craignait qu'une rafale trop violente ne brise le sortilège, le vent d'ouest s'était tu.

— Oh, Iona, Iona ! s'exclama Daniel en essayant désespérément de récupérer un peu de son sang-froid. Qu'est-ce qui nous a pris de...

— Chut ! coupa-t-elle, la gorge frémissante. Ne dites rien et venez.

Puis, avec son habituelle impétuosité, elle se leva d'un bond et l'entraîna vers son studio.

— Etes-vous... *es-tu* certaine de vouloir aller jusqu'au bout ? lui demanda-t-il dès qu'ils eurent regagné la chambre baignée de lune où ils s'étaient endormis dans les bras l'un de l'autre quelques heures auparavant.

— Oui, acquiesça-t-elle sans l'ombre d'une hésitation.

Et, pour lui prouver qu'elle ne regretterait jamais de s'être donnée à lui, elle se débarrassa prestement de sa chemise de nuit.

— Tu es encore plus belle et plus désirable que je ne l'imaginais, s'extasia Daniel en la voyant se dresser, nue, devant lui et en laissant ses doigts papillonner sur le doux bombé de son ventre. Il faudra que tu me guides pas à pas, car c'est la première fois que je vais faire l'amour à une future maman et j'ai peur de te blesser.

— Je te dirai comment t'y prendre quand j'aurai un minimum d'expérience. Il y a déjà un certain temps que je mène une vie de nonne et je n'ai aucune idée de la manière dont on doit procéder. Je sais juste que ni le bébé ni moi ne courons le moindre risque et que la chasteté est fortement déconseillée aux femmes enceintes.

— Quelle chance !

— N'est-ce pas ?

Le visage modelé par un rayon de lune, Iona s'approcha de Daniel et effleura d'une lente caresse son torse athlétique.

— Tu n'es pas mal non plus, lui dit-elle en glissant une main audacieuse sous la ceinture de son boxer et en sentant frémir au creux de sa paume son sexe durci. Pas mal du tout !

Puis, incapables de résister au tourbillon d'ivresse

qui les emportait loin, très loin de la réalité, ils basculèrent ensemble sur le lit et plongèrent avec une égale impatience dans le flot du plaisir.

Quand Iona émergea du sommeil aux premières lueurs du jour, l'aube repeignait les murs de son studio aux couleurs de l'arc-en-ciel et teintait d'ambre clair les longues jambes dénudées de Daniel.

Heureuse de s'être réveillée avant lui et de pouvoir le contempler à son insu, elle laissa son regard s'envoler vers la ligne dure de son ventre, admira ses muscles d'acier l'espace d'un battement de cœur et continua du bout des cils sa divine exploration.

— Je ne savais pas que tu étais une voyeuse, lança Daniel en clignant brusquement des paupières et en se redressant sur un coude. Il t'arrive souvent d'observer les gens pendant qu'ils dorment ?

— Non, répondit-elle, les pommettes enflammées. Comme je passe mes nuits seule, je ne risque pas d'épier qui que ce soit.

— Seul, je le suis aussi depuis des mois.

— Pourquoi as-tu rompu avec Kate ?

— Parce qu'elle m'avait trompé et que je ne

lui ai pas pardonné sa trahison. Il y avait déjà trois ans que nous sortions ensemble lorsque j'ai découvert par le plus grand des hasards qu'elle était amoureuse de quelqu'un d'autre et que leur liaison n'avait rien d'une tocade.

— Oh, mon Dieu ! s'exclama Iona, consternée. Tu as dû avoir envie de tuer ce type et de le…

— Il s'agissait d'une femme, pas d'un homme, interrompit Daniel d'un ton aigre. Angie était l'une de mes collaboratrices et, si je ne l'avais pas vue embrasser ma fiancée de mes propres yeux, je ne me serais jamais méfié d'elle.

— Qu'as-tu fait après avoir quitté Kate ?

— J'ai vendu mon loft, bouclé mes valises et sauté dans le premier avion à destination de l'Angleterre. Quand on ne peut pas se battre à armes égales avec un adversaire, mieux vaut se retirer dignement avant d'avoir épaulé son fusil que de manquer sa cible et de se ridiculiser.

— Ta sœur et Georgie m'ont dit que tu t'étais enfermé dans le mutisme à ton retour de New York et qu'elles n'avaient pas réussi à t'arracher la moindre confidence. Pourquoi ne leur as-tu pas expliqué ce qui s'était passé au lieu d'éluder leurs questions ?

— Parce que je n'avais pas envie de leur avouer que Kate était lesbienne et que j'avais mis trois ans à m'en apercevoir. Comme son père était un pasteur protestant très rigoriste et qu'elle n'avait pas le courage de lui parler de son homosexualité, elle jouait les fiancées comblées pendant les réunions de famille et j'étais tellement naïf que je ne me rendais pas compte de son petit manège.

— Tu lui as servi de couverture, si je comprends bien ?

— Oui. Elle avait besoin d'un pantin facile à berner et j'étais le gogo idéal à ses yeux, mais ne va pas t'imaginer que je souffre encore de sa trahison. Les blessures d'amour-propre guérissent généralement assez vite et il y a longtemps que les miennes se sont cicatrisées.

Après le déjeuner, Daniel emmena Iona à Aldeburgh, une station balnéaire située à quelques dizaines de kilomètres de Yoxburgh, et alla dévaliser avec elle le rayon lingerie d'un grand magasin.

— Ce n'est pas à toi que je fais ce cadeau, c'est à moi, lui dit-il en choisissant le plus affriolant des balconnets. Chaque fois que tu mettras ce joli soutien-gorge, je n'aurai qu'une hâte : te l'enlever.

Au début de la soirée, ils dînèrent dans une petite auberge de la côte et admirèrent la célèbre *Coquille Saint-Jacques* de Maggi Hambling, qui avait provoqué un véritable tollé le jour où elle avait été dévoilé au public.

— Certains habitants de la région trouvent cette œuvre d'art affreuse et reprochent à son auteur d'avoir défiguré le paysage, mais je ne suis pas de leur avis, déclara Daniel. J'aime l'éclat du métal et la fluidité des lignes.

— As-tu d'autres merveilles à me montrer ? lui demanda Iona, fascinée par la beauté de la sculpture.

— Oui. Nous irons les contempler dimanche prochain si tu le souhaites.

— Pourquoi pas ce week-end ?

— Parce que j'ai décidé d'organiser un barbecue à White Gate.

— Combien d'amis comptes-tu recevoir ?

— Quinze. Harry, Emily, Beth, Freddie et Kizzy seront de la partie, de même que Nick, Georgie et leurs quatre enfants. Il y aura également Liz, la mère de Nick, et George Cauldwell.

— Ce qui fait treize personnes en tout, résuma Iona après s'être livrée à un rapide calcul mental. Qui seront les deux derniers invités ?

— Mes parents. Ils viennent de rentrer du

Portugal et doivent être impatients de te rencontrer.

— Il paraît que vous avez beaucoup voyagé, jeta Harry à Iona le lendemain. Où avez-vous séjourné ?

— Au Pérou, en Papouasie-Nouvelle-Guinée, sur l'île de Bornéo et dans plein d'autres pays qu'il serait trop long d'énumérer, répondit-elle en s'asseyant à côté du barbecue.

— Moi, avant de démissionner de mon poste et de me mettre à écrire mes mémoires, je suis allé en Irak, au Kosovo, en Indonésie, au Pakistan et partout en Afrique.

— Parlez-vous l'ourdou ?

— Un peu. Et j'ai également des notions de swahili.

— J'aurais bien aimé connaître plusieurs langues, déclara la mère de Nick, mais je n'ai aucun talent dans ce domaine, hélas !

— L'art est universel, madame Barron, rétorqua Harry, et votre peinture est tellement expressive que vous n'auriez pas besoin d'apprendre le wolof pour pouvoir communiquer avec des Sénégalais. Il vous suffirait de leur montrer vos tableaux et ils deviendraient aussitôt vos amis.

— Vous êtes trop indulgent, mon cher Harry.

— Non, je suis objectif, tout simplement.

— Est-ce vous qui avez réalisé la marine qu'on peut admirer dans le hall de White Gate et le triptyque qui se trouve au fond du living-room ? demanda Iona à Liz.

— Oui, confirma cette dernière avec un sourire gêné. J'ai barbouillé ces toiles à la fin de l'hiver et Daniel me les a achetées.

— « Barbouillé » n'est pas le terme que j'aurais employé. Vous être très douée et j'aimerais bien avoir autant de talent que vous.

— Du talent, vous en avez à revendre, fit remarquer Harry à Iona. Vous êtes un fin cordon-bleu ainsi qu'une polyglotte distinguée.

— Et vous, un vil flatteur, riposta la jeune femme en swahili.

— Qu'est-ce que vous venez de dire ? interrogea Emily, que la phrase semblait avoir plongée dans un abîme de perplexité.

— Que votre mari était un vil flatteur, traduisit Iona. Comme j'ai beaucoup voyagé quand j'étais petite et que je n'avais pas envie de rester à l'écart des autres enfants, j'ai dû apprendre de nombreux dialectes.

— Moi, j'avais une telle horreur des langues

étrangères que j'ai failli rendre fou mon prof de français.

— Voulez-vous que j'aille vous chercher une tasse de thé pour m'excuser d'avoir…

— Non, restez assise, je vous en prie. Je vais m'en occuper moi-même. Pendant ce temps-là, vous n'aurez qu'à parler de politique internationale avec Harry.

— A moins que vous ne souhaitiez me montrer l'étendue de votre savoir, glissa Iona à celui-ci dès qu'Emily se fut engouffrée dans la cuisine, ne pourrions-nous pas discuter d'autre chose que des problèmes du monde ?

— De quoi, par exemple ? lui demanda-t-il.

— De la vie aventureuse que vous avez menée avant de démissionner et de venir habiter à Yoxburgh, répondit-elle. Qui était Carmen ?

— Ma première épouse et la maman de Kizzy. C'était une jeune Tzigane que j'avais rencontrée en Europe de l'Est et que j'avais ramenée à Londres pour l'arracher à la misère, mais elle a été tuée à la sortie de la fac où elle s'était inscrite et son bébé n'a été sauvé que par miracle. Comme j'étais incapable de m'occuper seul d'un enfant, Em a accepté de m'aider et je suis retombé amoureux d'elle.

— Quand on vous voit ensemble, on devine

tout de suite que vous formez un couple uni et que vous vous connaissez depuis longtemps. Moi, j'ignore ce que c'est que d'avoir un mari et d'être aimée.

— Peut-être le saurez-vous un jour, lorsque vous aurez trouvé l'homme de vos rêves et que vous vous sentirez prête à fonder un foyer. Si Dan est cet homme, ne lui faites aucun mal, car il a déjà assez souffert.

— Je ne lui en ferai pas, je vous le promets.

Visiblement rassuré, Harry bondit de son transat et partit rejoindre Emily à l'intérieur de la maison.

— De quoi avez-vous parlé, Kavenagh et toi ? questionna Daniel en s'asseyant à côté de Iona.

— De choses et d'autres, répondit-elle avec une soudaine lassitude.

— Tu as l'air fatiguée. Veux-tu aller piquer un petit somme à l'ombre de ta pergola ?

— Pour être fraîche et dispose quand tu viendras dans ma chambre ce soir ?

— Exactement ! J'ai envie de passer la plus torride des nuits et je n'aimerais pas que tu t'endormes avant que je n'aie eu le temps de…

— Un peu de silence, s'il vous plaît, coupa

George Cauldwell, la mine resplendissante. J'ai une grande nouvelle à vous annoncer.

— Quelle nouvelle ? l'interrogèrent en chœur Daniel et Georgie.

— J'ai demandé à Elizabeth d'être ma femme et elle a accepté.

— Ça alors ! s'exclama Nick, abasourdi. Je ne m'étais même pas rendu compte que vous étiez amoureux l'un de l'autre.

— Ce qui prouve que tu n'es pas très observateur, mon chéri, lui dit sa mère en rougissant comme une jeune fiancée intimidée.

— Je croyais que ce brave George n'oserait jamais se déclarer, glissa Daniel à Iona. Maintenant qu'il s'est enfin décidé à épouser Liz, j'espère que David assistera à la cérémonie.

— Qui est David ?

— Le frère de Georgie. Il vit actuellement en Australie et, bien que nous ayons eu quelques différends par le passé, je serais content de le revoir.

— Pourquoi vous êtes-vous disputés ?

— A cause du baiser que j'avais volé à sa sœur. Cette chipie m'en voulait tellement de l'avoir embrassée qu'elle lui avait ordonné de me taper dessus à la sortie de l'école.

— S'il lui a obéi et qu'il t'a flanqué une bonne

correction, répliqua Iona, je comprends que tu n'aies plus jamais essayé de séduire Georgie.

Puis, muselant le fou rire qui lui chatouillait la gorge, elle se leva de son siège et alla féliciter les futurs mariés.

9.

Les semaines suivantes, une agréable routine s'installa à White Gate. Chaque jour, Daniel passait des heures à dessiner dans son atelier et se rendait ensuite au Yoxburgh Star pour assister à des réunions de chantier avec George Cauldwell et les autres artisans qu'il avait engagés. A son retour de l'hôtel, il venait s'asseoir à côté de Iona sur l'un des petits bancs en bois qui encadraient le potager et, tout en buvant une tasse de thé, il écoutait chantonner la jolie fontaine en forme de vasque que Georgie lui avait conseillé d'acheter. Le week-end, il lui arrivait souvent d'inviter sa sœur, son beau-frère et la famille Barron à des pique-niques géants sous les frondaisons du parc ou d'accompagner son neveu et ses nièces à la plage et de les aider à bâtir d'immenses châteaux de sable que la marée submergeait au cours de la nuit.

Malgré la méfiance qu'elles avaient éprouvée

l'une envers l'autre au début du mois de juin, Iona et Emily avaient fini par s'apprécier mutuellement et par se lier d'une profonde amitié.

— Depuis qu'il t'a rencontrée, Dan s'est métamorphosé, lança un soir Emily à Iona. Quand il est rentré en Angleterre après la rupture de ses fiançailles, il était d'une humeur de chien et restait emmuré dans son silence comme dans une prison alors que maintenant il n'arrête pas de rire et de plaisanter. Que s'est-il passé entre vous pour qu'il ait changé à ce point ?

— Demande-le-lui et il acceptera peut-être de te faire des confidences.

— Oh ! ça m'étonnerait qu'il s'étende sur le sujet. Harry croit que Dan et toi vivez une grande histoire d'amour, mais vous êtes tellement discrets tous les deux que je ne sais pas quoi en penser. Tant que je n'aurai pas vu mon frère t'embrasser et te chuchoter des mots doux à l'oreille, je continuerai à me poser des questions.

— Georgie s'en pose également. Hier, pendant que nous nous promenions en haut de la falaise, elle a essayé de me tirer les vers du nez.

— Et que lui as-tu dit ?

— Rien. Je suis la gouvernante de Daniel et, si je me permettais de trahir ses secrets, il n'hésiterait pas à me licencier.

— Pour qu'il en vienne à cette extrémité, il faudrait que tu sois la pire des cancanières, et encore !

— Comme je ne tiens pas à pointer au chômage, riposta Iona, je préfère ne courir aucun risque.

Puis, impatiente de dévier la conversation, elle s'approcha du moïse enjuponné de dentelle blonde qu'on lui avait livré à la fin de la matinée et demanda à Emily de l'aider à transformer en chambre d'enfant la seule pièce inoccupée de son studio.

— Au lieu de jouer les décoratrices avec ma sœur et Georgie, tu devrais te reposer un peu, lui conseilla Daniel en la voyant retapisser les cloisons de la nursery le troisième week-end de juillet.

— Pas question ! s'écria-t-elle, le front buté. Je suis en parfaite santé et il n'y a aucune raison pour que je change quoi que ce soit à mes habitudes.

Mais, quand elle alla consulter son gynécologue au début du mois d'août, elle regretta de s'être surmenée.

— Votre tension est trop élevée, mademoiselle Lockwood, lui dit le médecin d'un ton sévère. Si vous ne voulez pas que votre fille naisse avant terme, il va falloir que vous vous arrêtiez de travailler.

De crainte de mettre en danger la vie de son bébé, Iona passa les deux semaines suivantes à se prélasser dans son potager, à regarder ses haricots s'entortiller autour des tiges de bambou qui leur servaient de tuteurs et à écouter le vent siffloter derrière la haie de lauriers-cerises qu'Emily avait plantée à l'entrée du jardin.

Ce fut un lundi, à l'aube, qu'elle eut ses premières contractions et que sa belle sérénité s'évanouit.

— Du calme ! murmura-t-elle avant d'enfiler un peignoir et de quitter sa chambre sur la pointe des pieds pour ne pas déranger Daniel. Ce n'est peut-être qu'une fausse alerte.

Mais, lorsque de nouveaux spasmes lui déchirèrent le ventre une heure et demie plus tard, elle ne put retenir un cri de douleur.

— Qu'y a-t-il ? questionna aussitôt Daniel en sautant à bas du lit et en la rejoignant au fond du boudoir.

— Je... je crois que ma fille est impatiente de venir au monde, bredouilla-t-elle.

— Ne t'en fais pas, je vais t'emmener à l'hôpital.

— Oh ! je ne suis pas inquiète... Enfin, pas

vraiment. Tant que tu resteras à côté de moi, je suis persuadée que tout ira très bien.

Pendant que la sage-femme et l'obstétricien examinaient Iona, Daniel sortit de la salle de travail et, pour tromper sa nervosité, téléphona à Emily.

— Iona a été admise à la maternité et elle souffre tellement que je suis mort de peur, jeta-t-il dans le micro de son portable. Les infirmières que j'ai interrogées m'ont expliqué que les premiers accouchements duraient parfois jusqu'à trente-six heures et que je n'avais donc aucune raison de m'affoler, mais je ne serai rassuré que quand le bébé sera né.

— Dis à Iona de tenir bon et aide-la à apprivoiser la douleur.

— De quelle façon ?

— En retournant à son chevet et en lui conseillant d'inspirer à fond entre deux contractions. Veux-tu que je demande à Harry de s'occuper des enfants et que je te rejoigne à l'hôpital ?

— Non, ne te dérange pas. Je vais essayer de me calmer et je te rappellerai dès que…

— Vous pouvez revenir, monsieur Hamilton,

interrompit la sage-femme de sa voix autoritaire. Mlle Lockwood en est déjà à sept centimètres.

— A sept centimètres de quoi ? s'enquit-il, au comble de la perplexité.

— De dilatation, évidemment ! Encore un peu de patience et tout sera terminé.

« Un peu de patience ! faillit riposter Daniel lorsqu'il regagna la salle de travail et qu'il vit Iona grimacer de douleur. Si c'était vous qui souffriez, vous trouveriez le temps plus long. »

Mais, pour ne pas s'attirer les foudres de l'obstétricien, il s'approcha du lit en silence, puis sortit un mouchoir de sa poche et épongea avec une infinie délicatesse le front baigné de sueur de Iona.

— Félicitations, mademoiselle Lockwood ! s'exclama le médecin au bout de trois interminables quarts d'heure. Vous êtes la maman d'une belle petite fille.

— Je vous avais bien dit qu'il n'y avait pas lieu de s'alarmer, lança à Daniel l'une dcs infirmières qu'il avait interrogées dès son arrivée à la maternité. Vous, les hommes, vous voudriez que les enfants viennent au monde en moins d'une minute.

— Si je tenais celui qui a eu l'idée absurde de faire naître les bébés de cette façon, rétorqua-t-il, je lui montrerais ce qu'est un accouchement et je l'obligerais à mettre au point un nouveau procédé.

Puis, ému de voir des larmes de joie rouler sur les joues de Iona, il se pencha vers elle et lui effleura le front d'un baiser.

— Comment vas-tu appeler cette jolie princesse ? lui demanda-t-il en la regardant serrer dans ses bras l'adorable bout de chou que lui tendait l'auxiliaire de puériculture.

— Lily, jeta-t-elle, un sourire radieux aux lèvres. Lily Lockwood.

— Salut, Lily ! chuchota Daniel à l'oreille du nourrisson. Je te trouve mignonne à croquer et j'ai hâte de…

— Veuillez sortir, monsieur Hamilton, interrompit la sage-femme du ton d'un général en chef haranguant ses troupes sur un champ de bataille. Mes collègues et moi allons nous occuper de la maman et de son bébé.

Après avoir échangé un clin d'œil de connivence avec Iona et quitté la salle, Daniel sortit une nouvelle fois son téléphone de sa poche et composa le numéro d'Emily.

— Ça y est ! dit-il à sa sœur. Iona vient de mettre au monde une petite fille et elle l'a prénommée Lily.

— Bravo, mon vieux ! s'écria Harry, qui avait dû guetter son coup de fil depuis le début de la matinée. Je suis content que tout se soit bien passé.

— Pourquoi me félicites-tu ? s'étonna Daniel. Ce n'est pas moi, le papa de Lily.

Et, prenant soudain conscience qu'il n'aurait jamais le moindre droit sur l'enfant, il sentit une inexplicable tristesse lui serrer le cœur.

— Où vas-tu ? demanda Iona à Daniel lorsqu'il la ramena à White Gate le lendemain soir et qu'il se dirigea vers l'escalier au lieu de l'accompagner jusqu'à la porte de son studio.

— Là-haut, grommela-t-il avant d'empoigner la rampe et de gravir les marches deux à deux. Comme il faut que tu te reposes, je préfère te laisser seule et monter dans ma chambre.

— Si j'ai besoin d'aide, pourrai-je t'appeler ?

— Cette question !

Refoulant les larmes de dépit qui lui brouillaient la vue, Iona alla coucher Lily au creux de son moïse, puis troqua son tailleur-pantalon contre l'une des jolies nuisettes en satin que lui avait achetées Daniel à Aldeburgh et se mit au lit avec des gestes d'automate.

Persuadée qu'il lui suffirait de fermer les yeux pour s'endormir et pour oublier le douloureux sentiment de solitude qui l'étreignait, elle plissa très fort ses paupières et essaya de faire le vide dans son esprit, mais elle eut beau se tourner et se retourner entre ses draps, elle ne réussit pas à trouver le sommeil.

— Ce qu'il me faut, c'est une longue séance de relaxation, murmura-t-elle en se levant et en quittant sa chambre à pas furtifs pour ne pas réveiller Lily.

Une fois arrivée dans son cabinet de toilette, elle versa le contenu d'un flacon de sels au fond de la petite baignoire à remous qu'une paroi vitrée isolait du bac à douche et ouvrit le robinet.

A peine avait-elle ôté sa chemise de nuit et enjambé le rebord carrelé du bassin que Daniel jaillit du vestibule, l'air inquiet.

— J'ai entendu l'eau couler et je me suis dit que tu aurais peut-être besoin d'un coup de main, lança-t-il avant d'offrir son bras à la jeune femme et de l'aider à s'asseoir sous le nuage de bulles irisées qui voguait d'une extrémité à l'autre du jacuzzi.

— Il était inutile que tu redescendes au rez-de-chaussée, protesta-t-elle, rouge de confusion. Je suis capable de me laver toute seule et de…

— Non ! Tu es tellement fatiguée que, si je n'étais pas là pour m'occuper de toi et pour veiller à ce que tu gardes les yeux ouverts, tu pourrais t'endormir dans la baignoire et te noyer.

— Merci d'avoir volé à mon secours. J'ignorais que tu avais raté ta vocation et que tu aurais préféré devenir maître nageur-sauveteur plutôt qu'architecte.

Dédaignant le sarcasme, Daniel sortit une grosse éponge d'un placard, puis la fit glisser avec douceur entre les seins gonflés de Iona et sur son ventre endolori.

— Pendant que tu te rinces et que tu te sèches, jeta-t-il ensuite d'un ton abrupt, je vais aller voir comment se porte Lily.

Et, manifestement impatient de reprendre ses distances, il se dirigea vers la nursery à grands pas.

— Je le savais, maugréa Iona en émergeant du jacuzzi et en se frictionnant de la tête aux pieds. Je savais qu'il me tournerait le dos dès que la petite serait née. S'il m'a accueillie chez lui, c'est parce que j'étais enceinte et qu'il avait pitié du bébé. Mais, maintenant que j'ai accouché, il doit avoir hâte de se débarrasser de moi.

Le jour même où le testament de Brian Dawes serait retrouvé, il lui demanderait sans doute de chercher un studio à louer au centre de Yoxburgh et de quitter White Gate le plus vite possible.

— Espérons que personne ne découvrira ce fichu bout de papier avant des années et qu'il n'aura pas d'autre choix que de continuer à m'héberger, marmonna-t-elle, consciente de l'absurdité de son raisonnement.

Après avoir enfilé sa nuisette, elle rejoignit Daniel dans la nursery puis, le cœur étreint d'une intense émotion, le regarda bercer Lily avec une habileté que lui auraient enviée des puéricultrices chevronnées.

— Quand je me suis approché de son moïse, cette graine de pop star s'est mise à hurler, expliqua-t-il à Iona, et j'ai essayé de la calmer.

— Qui t'a enseigné les ficelles du métier de nounou ?

— Em et Georgie. Chaque fois que leur mari et elles veulent passer une soirée en tête à tête, elles me confient leurs enfants et je n'ai pas intérêt à me défiler, car elles sont tellement rancunières que, si je refusais de jouer les baby-sitters, elles me mèneraient la vie dure pendant des mois.

Voyant Lily tendre ses menottes vers elle et froncer son joli petit nez, Iona la prit dans ses bras et alla s'asseoir sur son lit.

— Elle doit avoir faim, dit-elle à Daniel.

Pourrais-tu remonter te coucher et me laisser lui donner le sein ?

— Qu'est-ce que tu fais ? s'étonna Harry lorsqu'il vint à White Gate, trois semaines plus tard, et qu'il aperçut Daniel, un chiffon à la main.

— Le ménage.

— Je croyais que tu avais embauché une gouvernante pour te décharger sur elle de tous les travaux domestiques dont tu avais la phobie.

— Bah ! ce n'est que provisoire. Depuis qu'elle a accouché, Iona passe ses journées entières à s'occuper du bébé et, comme je ne veux pas l'empêcher de pouponner, je préfère nettoyer les meubles moi-même plutôt que de l'obliger à respecter les clauses de notre contrat.

— N'y a-t-il que cela entre vous, un vulgaire morceau de papier que vous avez signé en présence de Drew Stephenson ?

Daniel jeta un œil par la fenêtre et regarda Iona allaiter sa fille à l'ombre d'un vieux marronnier.

— Oui, maugréa-t-il, vexé qu'elle se soit éloignée de lui dès sa sortie de la maternité et qu'elle n'ait pas songé une seule fois à lui confier Lily. Que pourrait-il y avoir d'autre ?

— De l'amour…

— Pour que j'entretienne avec Iona le genre de relations dont tu parles, il faudrait que je sois capable d'aimer. Or, tu sais bien que je me méfie des femmes comme de la peste et que je suis immunisé contre les coups de foudre.

— Iona ne ressemble pas aux blondes volages et superficielles que tu as fréquentées à New York. Depuis qu'elle habite White Gate, tu as retrouvé le sourire et oublié ton ex-fiancée.

— Qui t'a dit que Kate était volage ?

— Personne. Mais, vu l'état dans lequel tu étais à ton retour des Etats-Unis, j'ai supposé qu'elle t'avait trompé et que cela t'avait anéanti. Iona, elle, ne risque pas de te briser le cœur. Elle est intelligente, loyale, généreuse et il ne lui viendrait pas à l'idée de te trahir.

— Intelligente, loyale, généreuse ! répéta Daniel en astiquant d'une main irritée le rebord mouluré de son vaisselier. A t'écouter, on croirait que tu es tombé sous son charme et que tu rêves de l'épouser. Dois-je te rappeler que tu as déjà une femme ?

— Non. J'aime ta sœur plus que tout et je n'ai aucune envie de la quitter.

— Comment se fait-il, alors, que tu prennes un tel plaisir à chanter les louanges de Iona ?

— Si je te vante ses mérites, c'est parce que je ne voudrais pas que tu la laisses t'échapper. Cette fille est formidable et il serait temps que tu t'en aperçoives.

— Au lieu de m'ennuyer avec tes conseils matrimoniaux, va donc rejoindre Em à Chestnut Grove ! bougonna Daniel. Je suis assez grand pour savoir ce que vaut Iona et ce que j'éprouve envers elle.

— Permets-moi d'en douter, riposta calmement Harry avant de tourner les talons et de sortir du living-room en fredonnant les premières mesures de *L'Hymne à l'amour*.

10.

Lorsque Daniel arriva au Yoxburgh Star le lendemain après-midi, le joli comptoir en bois sculpté dont raffolait Iona avait disparu.

— Qu'avez-vous fait du meuble qui se trouvait là-bas, au fond du hall ? lança-t-il d'un ton courroucé à George Cauldwell.

— Mes ouvriers ont été obligés de l'enlever ce matin parce qu'il prenait trop de place et qu'il les gênait, mais ils ne l'ont pas abîmé, rassurez-vous. Comme je me doutais que vous voudriez le conserver, je leur ai dit de ne pas le démonter.

— J'ai effectivement l'intention de le réutiliser dès que les travaux seront achevés. Où vos employés l'ont-ils mis ?

— A côté de la buanderie. Si vous avez peur qu'il n'ait été endommagé, allez y jeter un œil et vous verrez qu'il est en très bon état.

Honteux de s'être énervé à tort, Daniel gratifia

le père de Georgie d'un petit sourire d'excuse et sortit de l'hôtel à grandes foulées.

— Je me demande combien de clients se sont accoudés à ce comptoir ces cent cinquante dernières années, murmura-t-il en regardant le soleil s'éparpiller en joyeuses étincelles sur les tiroirs marquetés du vieux bureau et en espérant que Iona lui serait reconnaissante de ne pas avoir vendu à un antiquaire cet unique témoin de la splendeur passée du Yoxburgh Star.

Après avoir ouvert les portes du meuble dans un grincement de gonds, il glissa une main sous la tablette en acajou que des générations de réceptionnistes avaient dû faire coulisser et sentit un morceau de calque lui égratigner les doigts.

Intrigué, il arracha le ruban adhésif qui entourait le bout de papier et décolla de l'étagère une longue enveloppe translucide que barrait en lettres de feu l'inscription suivante : « Copie du testament de Brian Henry Dawes déposé le 10 mars 2008 chez Me Michael Cooper, notaire à Yoxburgh. »

— Qu'y a-t-il à l'intérieur de ce pli ? demanda Nick en jaillissant de la buanderie.

— Le fameux document que tout le monde cherche depuis des mois et que Iona désespérait de retrouver, l'informa Daniel.

— Où l'as-tu déniché ?

— Dans ce vieux meuble. Brian Dawes l'avait scotché sous la tablette à glissière qui servait probablement d'écritoire aux réceptionnistes.

— Pourquoi l'avait-il caché là au lieu de le laisser bien en évidence sur son bureau ?

— Parce qu'il se méfiait de son fils. Si Ian avait été le premier à mettre la main dessus, il l'aurait détruit sans le moindre scrupule et n'aurait pas respecté les dernières volontés de son père. Comme Brian savait que nous viderions l'hôtel avant de le rénover, il a dû se dire que l'un de nous découvrirait l'enveloppe un jour ou l'autre et que personne ne pourrait nous empêcher d'aller la déposer au greffe du tribunal.

— Plutôt que de la décacheter tout de suite, je préfère la montrer à nos juristes et leur demander de prendre contact avec Me Cooper.

— Pendant que tu leur téléphones, je vais rentrer à la maison et annoncer la bonne nouvelle à Iona.

— Es-tu certain qu'il s'agisse d'une aussi bonne nouvelle que cela ?

« Pour elle, oui, mais pas pour moi », riposta silencieusement Daniel en confiant le pli à Nick et en regagnant sa BMW d'un pas lourd.

Dès qu'elle aurait touché la grosse somme

d'argent que Brian Dawes lui avait certainement léguée, Iona aurait les moyens de s'acheter une villa au centre de Yoxburgh et quitterait White Gate sans regret.

— Ah ! tu es déjà de retour, s'exclama Iona lorsqu'elle vit Daniel s'approcher du petit banc de bois où elle était assise et s'adosser à l'un des piliers de la pergola, le regard sombre. Qu'y a-t-il ?

— J'ai retrouvé une copie du testament de Brian Dawes.

— Tu… tu es sérieux ?

— On ne peut plus sérieux. Nick est parti montrer le document à nos juristes et Drew Stephenson prendra lui-même contact avec le notaire de Brian.

— Qui n'est autre que Barry Edwards, j'imagine.

— Non. C'est chez Me Michael Cooper que l'original a été déposé.

— Je le connais. Il est venu quatre ou cinq fois au Yoxburgh Star dans les mois qui ont précédé la mort de Brian, mais je croyais qu'il était à la retraite depuis longtemps et que ses visites étaient purement amicales.

— Où est son étude ?

— Dans High Street, pas très loin de Chestnut Grove. Dire que je suis passée devant il y a moins d'une semaine et que je n'ai même pas songé à m'arrêter !

— Pourquoi l'aurais-tu fait ? Comme tu étais persuadée que Michael Cooper avait cessé d'exercer, tu n'avais aucune raison de frapper à sa porte.

— Si je m'étais doutée qu'il avait aidé Brian à rédiger ses dernières volontés, je lui aurais téléphoné après les obsèques au lieu de squatter l'annexe de l'hôtel et de risquer la vie de mon bébé.

— L'essentiel est que ni Lily ni toi n'ayez été blessées et que j'aie enfin pu mettre la main sur le fameux testament que tout le monde recherchait.

— Par quel miracle as-tu réussi à le dénicher ?

— Oh ! je n'ai pas eu besoin de m'acheter un pendule et une boule de cristal. Quand George Cauldwell m'a informé que ses ouvriers avaient été obligés d'enlever le vieux bureau qui se trouvait dans le hall d'accueil, je suis allé l'examiner et j'ai découvert une longue enveloppe en papier calque sous la tablette à glissière du meuble.

Iona ferma les yeux l'espace d'un soupir et se traita d'idiote.

— J'aurais dû deviner que Brian avait choisi cette cachette, murmura-t-elle. La veille de son décès, lorsque je lui avais rendu visite à l'hôpital, il m'avait demandé de « vider l'écritoire », mais il était tellement mal en point que je n'avais pas prêté attention à ce qu'il me racontait. J'étais persuadée qu'il délirait et qu'il se croyait encore à l'époque où cette étagère servait de pupitre à son réceptionniste. A cause de ma stupidité, j'ai passé des jours et des nuits à tourner en rond dans mon squat et à me torturer l'esprit.

— Dès que Drew Stephenson aura réussi à joindre Me Cooper, tu oublieras tout cela et tu ne songeras plus qu'à l'avenir de Lily.

« Comme je n'ai personne d'autre qu'elle à aimer, je ne penserai effectivement plus qu'à son bonheur et à sa sécurité, riposta en elle-même Iona, blessée par la froideur que lui témoignait Daniel depuis trois semaines. Si Brian m'a légué quelques dizaines de milliers de livres, j'achèterai une petite maison à Yoxburgh ou ailleurs et j'y élèverai Lily loin de toi. »

*
* *

— Tiens ! tu as déjà accouché, s'exclama Ian Dawes lorsqu'il pénétra dans le bureau de Michael Cooper à la fin de l'après-midi et qu'il vit Iona serrer Lily sur son cœur.

— Bonsoir, Ian, rétorqua sèchement la jeune femme. Etant donné que ton frère est rentré de Thaïlande au début du mois de novembre et qu'il est reparti là-bas au bout de vingt et un jours, il est normal que sa fille soit née en août.

— Sa fille, sa fille, c'est vite dit. As-tu des preuves de ce que tu avances ?

— Pas encore, mais j'en aurai bientôt. Lily a subi un test d'ADN vendredi dernier et, dès qu'on t'aura fait une prise de sang, nous serons fixés.

— Je ne me prêterai à ce genre de mascarade que quand les poules auront des dents.

— Si tu refuses de coopérer, les magistrats du tribunal des tutelles et des successions t'y obligeront.

— Penses-tu ! Comme il n'est pas certain que mon père vous ait couchées sur son testament, ta bâtarde et toi, ils n'auront pas besoin de m'expédier au laboratoire d'analyses pour pouvoir se prononcer.

— Lily n'est pas une bâtarde. Que cela te plaise ou pas, elle est ta nièce et je te défends de la...

— Quel amour d'enfant ! s'extasia Michael

Cooper en franchissant le seuil de son cabinet et en voyant Lily gigoter dans les bras de Iona. Cette petite est tout le portrait de son papa.

Puis, un sourire chaleureux aux lèvres, il s'assit à son bureau et décacheta la longue enveloppe que lui avait transmise Drew Stephenson.

— Pardonnez-moi de ne pas m'être manifesté plus tôt, mademoiselle Lockwood, dit-il en retirant du pli trois feuilles de papier vélin et en les posant bien à plat devant lui, mais j'ai cessé mon activité fin mars et, comme j'ai quitté le Suffolk peu après, je n'ai pas su que mon ami Brian était mort. Je n'ai été informé de son décès qu'aujourd'hui, quand Me Farringdon, mon successeur, m'a parlé de votre découverte et…

— Assez de blabla ! interrompit Ian Dawes. Allons droit au but et finissons-en !

L'air offusqué, Michael Cooper chaussa de grosses lunettes à monture d'écaille et lut d'un ton emphatique :

— « Je soussigné Brian Henry Dawes, sain de corps et d'esprit, lègue la somme de dix mille livres à mon fils aîné Ian. Quant au produit de la vente du Yoxburgh Star, l'hôtel qu'ont fait bâtir mes arrière-arrière-grands-parents il y a cent cinquante ans, je désire qu'il soit également partagé entre le ou les enfants de mon défunt fils Jamie et… »

Le cri d'indignation que poussa Ian pulvérisa le reste de la phrase.

— Veuillez vous taire et me laisser poursuivre, monsieur Dawes, lui ordonna Michael Cooper. Au cas où vous l'auriez oublié, je vous rappelle que vous n'êtes pas chez vous ici, mais dans mon bureau.

« Je n'arrive pas à croire que Brian ait pu avoir le courage de rédiger ce testament, lui qui était si fatigué et qui avait horreur des formalités, se dit Iona pendant que le notaire reprenait sa lecture. A moins qu'il n'ait été criblé de dettes au moment de sa mort, Lily devrait hériter d'une assez jolie somme. »

— Avec l'argent que Brian a légué à sa petite-fille, aurai-je le droit d'acheter une maison ou un duplex ? demanda-t-elle à Michael Cooper dès qu'il eut fini d'énoncer les dernières volontés de son ami.

— Bien sûr ! acquiesça-t-il. Le Yoxburgh Star a été estimé à un million sept cent cinquante mille livres et, d'après les calculs de Barry Edwards, il devrait rester un peu plus d'un million de livres une fois que les créanciers de Brian auront été remboursés. Comme la totalité de ce montant vous revient, à Lily et à vous, je ne vois pas ce qui pourrait vous empêcher de l'investir dans l'immobilier.

— Pourquoi dites-vous que la totalité de ce montant nous revient ?

— Parce que c'est ce qu'a décidé Brian. Voulez-vous que je vous relise les clauses de son testament ?

— Oui, merci.

— « Quant au produit de la vente du Yoxburgh Star, l'hôtel qu'ont fait bâtir mes arrière-arrière-grands-parents il y a cent cinquante ans, répéta le notaire, je désire qu'il soit également partagé entre le ou les enfants de mon défunt fils Jamie et Iona Lockwood en témoignage de ma reconnaissance pour les soins qu'elle m'a prodigués lorsque j'étais malade et pour son infatigable dévouement. Au cas où Jamie n'aurait pas de descendance, Iona Lockwood hériterait seule de la somme susmentionnée. »

Michael Cooper replia les feuillets qu'il avait étalés sur son sous-main et ajouta :

— En résumé, mademoiselle Lockwood, vous aurez le droit d'acheter une belle maison ou un grand duplex avec le demi-million que vous recueillerez. Et si, par malheur, Lily décède avant sa majorité, c'est à vous que reviendra l'autre moitié du legs.

— Encore faudrait-il que cette sale gamine soit la fille de Jamie ! s'écria Ian, le regard étincelant de fureur. Et cela reste à prouver. Quoi qu'ait écrit mon imbécile de père dans son testament, je refuse de…

— Un peu de décence, je vous prie, coupa le notaire d'un ton impérieux. Quels que soient les résultats du test génétique qu'a subi Lily vendredi, vous n'hériterez en tout et pour tout que des dix mille livres dont je vous ai parlé. Comme Brian souhaitait que je l'aide à rédiger ses dernières volontés, je suis allé lui rendre visite au Yoxburgh Star en février et en mars de cette année et j'ai eu de longues conversations avec lui.

— Que vous a-t-il dit ?

— Que vous aviez été un petit garçon égoïste et vindicatif et que vous ne vous étiez pas arrangé en grandissant. S'il ne vous a pas légué la moitié de sa fortune, c'est parce qu'il vous reprochait de l'avoir abandonné et de ne vous intéresser à rien d'autre dans la vie qu'à l'argent. Mlle Lockwood, en revanche, lui a été d'un immense secours. Lorsqu'il a été victime de son premier infarctus, elle a tenu l'hôtel à sa place et ne lui a pas réclamé le moindre penny. Il est donc naturel qu'il ait voulu la remercier de son abnégation.

— Les magistrats chargés du dossier ne seront peut-être pas de votre avis. Une fois que vous leur aurez transmis le testament, je parie qu'ils s'empresseront de l'invalider.

— Libre à vous d'en contester les clauses, monsieur Dawes, mais vous n'avez aucune chance de gagner votre procès. Quand votre père a rédigé ses dernières volontés, il était en possession de toutes ses facultés et il n'a signé l'acte définitif qu'après une semaine de réflexion.

Aveugle au regard furibond que lui décochait Ian, Michael Cooper se leva de son fauteuil et serra longuement la main de Iona.

— Si vous avez besoin de conseils, mademoiselle Lockwood, lui dit-il, n'hésitez pas à appeler mon successeur. Il se fera un plaisir de vous les donner.

— Merci, maître, lâcha-t-elle, la tête en plein brouillard. Je vous suis très reconnaissante de m'avoir reçue avec autant de gentillesse.

— Tu auras de mes nouvelles, espèce de voleuse ! hurla Ian avant de sortir du bureau au pas de charge et de claquer la porte derrière lui.

*
* *

— Je ne vais pas pouvoir conserver cet argent, déclara Iona en se juchant sur le mur d'enceinte de White Gate le soir même et en regardant la mer miroiter sous une coulée de lune. C'est à Ian qu'aurait dû revenir le demi-million dont j'ai hérité. A Ian et pas à moi.

— Tu n'envisages pas de le lui rendre, j'espère ? s'inquiéta Daniel.

— Je n'en sais rien. Je n'ai pas encore réfléchi à la question.

— Ce type est un sale égoïste qui t'a traitée comme un chien et qui ne mérite pas de toucher un seul penny.

— Brian lui a légué dix mille livres parce qu'il avait donné la même somme à Jamie en novembre dernier et qu'il a voulu se montrer équitable.

— Quand il a décidé de te laisser la moitié de sa fortune en remerciement de l'affection dont tu l'avais entouré, il a aussi fait preuve de droiture et de lucidité.

— Non. Lorsque les habitants de Yoxburgh apprendront ce qui s'est passé, ils m'accuseront de l'avoir braqué contre Ian.

— Peu importe ce que penseront les gens ! Ceux qui t'ont vue trimer derrière le comptoir de l'hôtel savent que tu n'es pas une intrigante et que tu adorais Brian.

— Il a été comme un père pour moi et, depuis qu'il est mort, il me manque terriblement.

— Grâce à son argent, tu vas pouvoir t'acheter une superbe maison à Kessingland ou à Aldeburgh et, chaque fois que tu y entreras, tu songeras à lui.

« Ce n'est ni à Kessingland ni à Aldeburgh que j'aimerais habiter jusqu'à la fin de mes jours, c'est ici et nulle part ailleurs », eut envie de riposter Iona, les yeux brouillés de larmes.

Mais, de crainte que Daniel ne lui reproche de vouloir s'incruster à White Gate, elle ravala les mots qui se bousculaient au fond de sa gorge et essuya ses paupières humides du revers de la main.

— Cet héritage tombe à point nommé, tu ne trouves pas ? lança-t-il d'une voix enthousiaste.

— Si, articula-t-elle avec difficulté. A condition que je l'accepte.

— Que tu acceptes ou non le demi-million de livres que Brian t'a légué, tu ne pourras pas refuser la somme qui revient de plein droit à Lily. Et, comme il est préférable d'investir dans l'immobilier que de spéculer en Bourse, tu seras bien obligée d'acheter une villa ou un appartement.

— Au lieu de rendre à cet égoïste de Ian l'argent qu'il aurait dû toucher, je vais le distribuer à des associations caritatives. Georgie m'a dit que Nick en parrainait une dizaine et je suis sûre qu'il sera ravi de me donner des conseils.

— Moi, je pense que tu ferais mieux de reprendre tes études et de créer une fondation afin d'aider ceux et celles qui n'ont pas les moyens d'engager un avocat à se défendre devant les tribunaux.

— Excellente idée ! Je l'appellerai la fondation Brian Dawes en mémoire du grand-père de Lily et j'offrirai mes services aux personnes les plus défavorisées. On s'imagine souvent qu'il est moins difficile de combattre l'injustice en Europe que dans les pays du tiers-monde, mais on se trompe. En Angleterre, il y a beaucoup de gens dont les droits sont bafoués et qui n'arrivent pas à obtenir réparation.

Iona sauta à bas du mur d'enceinte et se massa les tempes pour essayer d'atténuer la violente migraine qui lui martelait le crâne.

— J'ai mal à la tête et je suis fatiguée, jeta-t-elle à Daniel. Cela ne te dérange pas que je te laisse admirer seul les étoiles et que je rentre me coucher ?

— Pas du tout ! s'exclama-t-il. Si tu as besoin d'aspirine, tu trouveras un tube de comprimés effervescents dans l'armoire à pharmacie de ma salle de bains.

— Merci du renseignement.

— Il n'y a pas de quoi.

A la vue du sourire que lui dédiait Daniel, Iona crut qu'il allait lui proposer de la raccompagner jusqu'à la porte de sa chambre et qu'ils réinventeraient ensemble les gestes du bonheur, mais il se contenta de lui tapoter l'épaule et de lancer d'un ton impersonnel :

— A demain !

— Harry m'a dit que Iona avait décidé de quitter White Gate et de s'acheter une maison au centre de Yoxburgh, déclara Emily en s'asseyant sur la chaise que lui désignait Daniel et en foudroyant ce dernier du regard. Tu ne la laisseras pas partir, j'espère ?

— Si. Comme elle a hérité d'une grosse somme d'argent, il est normal qu'elle veuille s'offrir une jolie villa.

— Et votre grande histoire d'amour, que va-t-elle devenir dans tout cela ?

— Quelle histoire d'amour ? Iona et moi ne sommes que des amis.

— Mon œil ! Elle a eu beau éluder mes questions quand je lui ai demandé ce qu'il y avait entre vous, je me suis bien rendu compte que vous étiez fous l'un de l'autre.

— Il faut croire que tu n'es pas très observatrice ou que tu as besoin d'une paire de lunettes. Depuis qu'elle est sortie de la maternité, Iona a oublié que j'existais. Elle passe son temps à pouponner et ne m'adresse la parole qu'en cas de nécessité.

— Rien d'étonnant à ce que sa fille l'empêche d'être souriante et disponible vingt-quatre heures sur vingt-quatre ! Les bébés adorent être câlinés et je ne vois pas pourquoi Lily serait différente de Lucie ou de Kizzy. Si Iona s'occupe d'elle à longueur de journée, c'est parce qu'elle veut tenir au mieux son rôle de maman.

— Moi, je pense plutôt qu'elle est encore amoureuse du papa de Lily et qu'elle songe à lui chaque fois qu'elle prend la petite dans ses bras.

— Ah ! ce que tu peux être stupide, mon pauvre Dan ! s'exclama Emily en hochant la tête d'un air apitoyé. Jamie Dawes n'était qu'un tire-au-flanc qui préférait se la couler douce en Thaïlande plutôt que d'assumer ses responsabilités et il y a une éternité que Iona l'a rayé de sa mémoire.

— Tu crois vraiment qu'elle s'est remise de son décès et qu'il ne lui manque pas ?

— Oui. Maintenant qu'elle est mère de famille, elle a besoin d'un homme à ses côtés, pas d'un adolescent attardé qui ne rêvait que de voyages et de farniente. Alors, quand vas-tu te décider à lui avouer que tu es fou d'elle et que tu souhaites l'épouser ?

— Quand je serai certain d'être aimé en retour.

— Est-ce à cause de Kate que tu es devenu aussi timoré ? Cette pimbêche avait le don de me taper sur les nerfs et je suis ravie que vous ayez rompu parce qu'elle aurait été incapable de te rendre heureux. Iona, elle, ne te fera jamais souffrir.

— A moins qu'elle ne pleure encore son cher Jamie et que…

— Non, non et non ! s'écria Emily en bondissant de sa chaise. Elle n'attend qu'un mot de toi pour te tomber dans les bras et tu as intérêt à aller tout de suite lui parler.

— Impossible ! Depuis mercredi, elle a de fréquentes migraines et préfère s'isoler dans sa chambre que de me tenir compagnie.

— Ce n'est pas là qu'elle s'est réfugiée ce soir, c'est au fond du parc. Lorsque je suis arrivée il y a vingt minutes, je l'ai vue se pencher au-dessus du mur d'enceinte et fixer l'horizon d'un air accablé.

Dès que sa sœur eut quitté White Gate, Daniel rejoignit Iona près du portillon et s'assit avec elle en haut du sentier qui menait à la plage.

— A quoi penses-tu ? lui demanda-t-il.

— A la mort de Brian, répondit-elle tristement. Si ses fils avaient été moins égoïstes et l'avaient aidé à gérer le Yoxburgh Star, il aurait pu se reposer et serait encore parmi nous à l'heure qu'il est.

— As-tu beaucoup aimé Jamie ?

— Non. Quand j'ai fait sa connaissance en Asie, j'en avais assez d'errer seule sur les routes et j'ai été contente d'avoir enfin trouvé un compagnon de voyage, mais je me suis vite aperçue qu'il manquait d'envergure et qu'il n'avait pas d'autre ambition que de vagabonder de pays en pays. Lorsque nous avons été obligés de rentrer en Europe à cause de l'infarctus dont son père avait été victime, je me suis prise d'une telle affection pour Brian que je n'ai pas voulu repartir. Malgré ses murs lézardés et son annexe délabrée, le

Yoxburgh Star me plaisait parce que c'était la première fois que j'avais un chez-moi.

Iona tourna la tête vers le lilas au pied duquel dormait Pebbles et essuya du bout des doigts ses yeux noyés de larmes.

— La petite chatte de Brian m'a adoptée dès mon arrivée à Yoxburgh, enchaîna-t-elle tout bas. Et je suis heureuse qu'elle repose ici, dans ce magnifique parc où elle adorait gambader. Si j'étais sur le point de mourir et qu'on me demandait où j'aimerais être enterrée, je répondrais sans hésiter : « A White Gate ».

— Puisqu'il te reste encore de longues années à vivre, Dieu merci, pourrais-tu les passer dans une maison comme la mienne ?

— Non, car je n'ai pas les moyens de m'offrir une telle propriété. Avec le demi-million de livres que m'a légué Brian, je préfère créer une fondation et venir en aide aux plus démunis plutôt que d'acheter une villa. A la différence de Nick, qui gagne des fortunes à la City, et de Harry, qui a reçu une somme astronomique de son éditeur, je ne suis pas quelqu'un de matérialiste et je déteste jeter l'argent par les fenêtres.

— Qui te parle de dilapider ton héritage ? répliqua Daniel en s'inclinant vers Iona et en plongeant son regard dans celui, indéchiffrable, de la jeune femme. Ce que je veux, ce n'est pas que tu me quittes et que tu ailles habiter à Kessingland, à Aldeburgh ou à Londres, c'est que tu m'épouses et que tu me laisses t'aimer.

— Que... que je te laisse m'aimer ! balbutia-t-elle comme si le sens des mots lui échappait. Depuis quand es-tu amoureux de moi ?

— Depuis notre première rencontre. Après t'avoir aidée à extirper de la poubelle du Yoxburgh Star le vieux matelas que j'y avais déposé et à le transporter jusqu'en haut de l'annexe, je n'ai plus eu qu'une hâte, qu'un désir, qu'une envie : t'amener à White Gate.

— Pourquoi ne m'as-tu pas avoué ce que tu éprouvais au lieu de me tourner le dos dès ma sortie de la maternité et de te déguiser en courant d'air ?

— Parce que j'étais persuadé que tu pensais encore à Jamie. Chaque fois que j'entrais dans la nursery et que je te voyais bercer Lily, j'avais l'impression d'être de trop et de violer ton intimité.

— Oh, Dan ! s'exclama Iona en lui effleurant les cheveux d'une tendre caresse. Comment as-tu pu croire que j'avais oublié tout ce que je te devais ? Si tu ne m'avais pas poussée à quitter mon squat début juin, le plafond de la chambre me serait tombé dessus et, si tu ne m'avais pas consolée le soir de la mort de Pebbles, j'aurais eu beaucoup de mal à surmonter mon chagrin.

Iona s'interrompit une seconde pour reprendre son souffle et ses esprits, puis ajouta :

— Redemande-moi de devenir ta femme et de rester à White Gate, Dan… Redemande-le-moi dans les règles.

Hypnotisé par le regard brillant de joie dont elle l'enveloppait, il mit un genou à terre et emprisonna ses jolis doigts déliés entre ses mains.

— Je t'aime, mon ange, déclara-t-il d'un ton solennel. Je t'aime à la folie et je voudrais que tu m'aides à transformer cette immense bâtisse en une maison chaleureuse où les petits frères et les petites sœurs que nous donnerons à Lily pourront grandir ensemble.

— Ta villa m'a subjuguée au premier coup d'œil, rétorqua-t-elle, mais ce n'est pas parce qu'elle me plaît que j'accepte de t'épouser, Dan. C'est parce que tu es le seul homme au monde avec lequel je souhaite partager ma vie. Dès que tu m'auras passé la bague au doigt, je m'inscrirai à des cours par correspondance et, une fois que j'aurai décroché mon diplôme d'avocate, je créerai cette fondation qui me tient à cœur. Ensuite, si je trouve les mots justes, j'arriverai peut-être à convaincre ma mère de s'installer en Angleterre et de jouer son rôle de mamie. Tu es tellement séduisant et tellement talentueux qu'elle sera fière de t'avoir pour gendre.

— Penses-tu que ses obligations professionnelles lui laisseront le temps d'assister à notre mariage ?

— Bien sûr ! Il faudra également que nous invitions Mme Jessop à la cérémonie. Elle sera heureuse d'apprendre que nous voulons faire de White Gate une vraie maison de famille.

— Heureuse, mais pas étonnée. Quand elle est venue ici en juin, elle m'a dit que mon rêve finirait par se réaliser et elle ne s'est pas trompée.

Après avoir bondi sur ses pieds et aidé Iona à se lever, Daniel lui scella les lèvres d'un long baiser, auquel la petite Lily mit brutalement un terme.

— Je crois que nous allons devoir patienter encore un peu, murmura-t-il en entendant le bébé sangloter et en coulant un regard vers la fenêtre de la nursery.

— Ce n'est pas grave, mon amour, riposta Iona, les yeux pleins d'étoiles. Nous avons toute la vie devant nous.

HARLEQUIN

PROCHAIN RENDEZ-VOUS LE

15 juillet 2009

collection Horizon

UNE PRINCESSE AMOUREUSE, de Cara Colter • n°2225

Durant la cérémonie qui doit l'unir à un homme choisi par son père mais qu'elle n'aime pas, Shoshana, princesse de Ranasha, s'enfuit. Elle elle croise alors la route de Jake Ronan, un agent de sécurité qui, la croyant menacée, la conduit dans un endroit secret, où ils vont devoir passer plusieurs jours en tête à tête...

PLAY–BOY OU PAPA ?, de Susan Meier • n°2226

Bébé câlin

Afin de renflouer au plus vite les caisses de sa société, Audra accepte un poste de nounou à plein temps chez Dominic Manelli, un riche héritier devenu tuteur de son neveu orphelin. Hélas, elle ne tarde pas à déchanter car son employeur semble davantage prêt à la séduire qu'à assumer pleinement son rôle de “père”....

AMOUREUX SOUS CONTRAT, de Jessica Hart • n°2227

Mariage sous Contrat

Epouser le richissime Torr McIver a été, pour Mallory, le meilleur moyen d'éviter la ruine après l'abandon de son compagnon. A condition toutefois que cette union de pure convenance reste chaste, une disposition sur laquelle son époux, après quelque temps, semble vouloir revenir...

PASSION TEXANE, de Diana Palmer • n°2228

Amoureuse de Kingman Marshall, un rancher de dix ans son aîné, Tiffany rêve depuis son adolescence de devenir sa femme. Mais celui-ci, hélas, n'a pas l'intention de s'engager, même s'il ne cache pas le désir qu'elle lui inspire. Comment sortir de cette impasse ?

Attention, numérotation des livres pour le Canada différente : n° 943 au 946.

www.harlequin.fr

Composé et édité par les
éditions Harlequin
Achevé d'imprimer en mai 2009

CPI
Bussière

à Saint-Amand-Montrond (Cher)
Dépôt légal : juin 2009
N° d'imprimeur : 90723 — N° d'éditeur : 14320

Imprimé en France